내 모든
아픈 이웃들

푸른사상 산문선 41

내 모든 아픈 이웃들

초판 1쇄 인쇄 · 2021년 10월 22일
초판 1쇄 발행 · 2021년 10월 29일

지은이 · 정세훈
펴낸이 · 한봉숙
펴낸곳 · 푸른사상사

주간 · 맹문재 | 편집 · 지순이 | 교정 · 김수란, 노현정 | 마케팅 · 한정규
등록 · 1999년 7월 8일 제2-2876호
주소 · 경기도 파주시 회동길(서패동) 337-16
대표전화 · 031) 955-9111(2) | 팩시밀리 · 031) 955-9114
이메일 · prun21c@hanmail.net
홈페이지 · http://www.prun21c.com

ⓒ 정세훈, 2021

ISBN 979-11-308-1830-6   03810

값 16,500원

본 도서는 충청남도, 충남문화재단의 후원으로 발간되었습니다.

푸른사상
산문선

41

내 모든
아픈 이웃들

정세훈 산문집

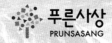
푸른사상
PRUNSASANG

작가의 말

　　　　　　1985년 여름, 공장에서 주야간 교대 노동을 할 때다. 서른 살을 넘긴 나이에 통신 강의록으로 고등학교 과정의 독학을 시작했다. 당시 함께 시작한 시 짓기와 글짓기가 어언 36년이 되었으며, 소위 문단에 얼굴을 내민 지도 햇수로 33년이 되었다. 그동안 다수의 시집과 동시집, 동화집, 그림책 동화, 시화집, 산문집 등을 펴냈다. 시 짓기와 글짓기를 하면서 가졌던 마음가짐을 담은 글들을 모았다. 이 글들은 앞으로도 나의 시 짓기와 글짓기의 나침판이 되어줄 것이다.

2021년 10월
정세훈

제1부

시인의 공감과
신념

주벽의 시인들을 비판한다
―「시의 벗들에게 보내는 고은 편지」를 받고

"어찌 시인을 수행의 계율과 윤리로 규정할 수 있겠습니까?"

시인 고은이 시단의 시객(詩客)들에게 편지로 전한 이 반문은 예사롭지 않다. 예사롭지 않다는 것은 첫째로 경직되어 있는 시단의 현실을 정확하게 꿰뚫고 있는 고은의 외로운 질책으로 받아들여지기 때문이다. 경직되어 있다는 것은 곧 안주하고 있다는 말과 직결되고 있는 것이기에 더욱 그렇다. 두 번째로 고은은 그 무엇인가 큰 결단을 내리고 그것을 이미 실행해 옮기고 있을 것이라는 생각에서다. 그리하여 그 결단에 따른 고은의 시 세계가 앞으로 어떻게 진행될지 사뭇 궁금증을 불러일으키고 있기 때문이다.

고은은 편지에서 위의 반문에 대한 해답을 곁들이고 있다. "이제 시인들 가운데 술꾼이 현저하게 줄어들었습니다. 막말로 최근에 시가 가슴에서 터져 나오지 않고 머리에서 짜여져 나오는 일과도 무관하지 않다고 생각합니다."라고.

일견, 한마디로 가슴을 찡하게 하는 편지다. 술은 때로 개인과 개인 사이를 한결 부드럽게 하고 여유롭게도 하며 너그럽게도 한다. 따라서 흥겹게 한다. 그 무엇보다도 소통의 장을 마련해주며, 그에 따라 상상의 공간을 넓혀주는 매개체로서 술만 한 것이 어디 있을까. 그런 면에서 고은의 외로운 질책을 달갑게 받고 싶다. 그러나 술에도 긍정적인 면과 부정적인 면이 있어서 우린 이중 부정적인 면을 경계하지 않을 수 없는 것이다.

술에 대한 부정적인 면은 시단에서 종종 보여왔다. 36세의 나이로 요절한 시인 김관식을 예로 드는 것은 큰 무리가 아닐 듯싶다. 이 지면은 김관식의 시편을 평가하는 지면이 아니고, 또 시평에 있어 일천한 내가 도저히 할 수 있는 일이 아님을 앞서 전제한다. 다만 시객이 술에 지나치게 집착할 경우, 그 삶은 물론 시에 있어서도 얼마나 피폐해지는지를 알아보고자 할 따름이다.

그의 「병상록」이란 시를 보자. 그는 이 시에서 "五臟이 어디 한 군데 성한 데 없이" 병상에 10년째 누워 있는 상태에서 이 시를 지었음을 밝히고 있다. 왜 병상에 누웠는가. 그가 이 시에서 밝혔듯이 폐 또는 간장 한두 군데가 아니고 심장, 비장, 신장 등 오장이 다 상하게 된 지경에 이른 것은, 어떠한 연유에서일까. 무리한 노동으로 인해 몸이 혹사당했기 때문인가. 아니다. 그것은 바로 지나친 술꾼 행세에 젖어 있었기 때문이 아니었나 싶다.

그는 이 시에서 "방 안 하나 가득 찬 철모르는 어린것들"이 얼크러져 잠든 모습을 보며 다음과 같이 자신의 처지를 한탄하고 만다. "내가 막상 가는 날은 너희는 누구에게 손을 벌리랴./가여운 내 아들 딸들아." 그러면서 급기야 "가난함에 행여 주눅 들지 말라."고 지극히 무책임하면서도 말도 안 되는 당부를 자식들에게 남긴다. 치열한 삶을 살지 못하고 술에 의탁한 나약한 삶의 말로다. 그야말로 독자를 분통터지게 하는 시다.

시객은 시만 잘 쓰면 된다는 비열하기 짝이 없는 작태의 결과다. 시객에게 시를 잘 써야 하는 책임과 의무가 있다면 아울러서 주위 사람, 특히 가족을 성실하게 책임지는 의무가 있어야 한다. 이것은 시객이기 전에 인간의 기본 인륜이기 때문이다. 만약 시 때문에 가족을 책임지지 않겠다면 애초에 가족을 이루지 말아야 한다. 가족을 이뤄놓고, 그 가족 앞에 그 무슨 해괴망측한 술꾼의 이름을 가진 기인 행세를 한단 말인가. 시객은 가족을 내팽개쳐버려도 괜찮은 부류들인가. 그건 아닐 것이다.

또 다른 시인을 만나보자. 고은이 시집 『만인보』에서 "아름다운 시인"이라고 읊은 시 「백석」의 주인공, 시인 백석의 경우도 김관식에 못지않다. 고은이 시 「백석」 2연에서 "아내도 집도 다 없어지고/압록강 끄트머리/신의주 목수네 집 문간방에 들어"라고 서술했듯 이 백석의 가족은 백석의 곁에서 없어졌다. 왜일까?

단순히 이 시만 접한 독자는 마치 백석의 가족이 아무 이유 없이 무정하게 백석을 버린 것으로 착각할 수 있다. 그러나 진실은 전혀 그렇지가 않다. 그 원인은 백석의 지나친 음주 행각과 여성 편력으로 인한 무분별하고 무책임한 사생활 또는 여인관, 연애관에서 찾아볼 수 있다.

도대체 시객이 아무렇게 행동하면 기인이 된다는 왜곡된 통념은 누가 만들었나. 그것은 은연중 자신도 답습하고 싶은 주변의 시객들이 만들어냈다고 해도 과언이 아닐 것이다. 민중이 술꾼으로 행세하며 가족을 내팽개치고 제멋대로의 삶에 취해 있다면 기인이라고 이름 붙여줄 것인가. 아마 시객들은 이들에게 '미친놈'이라고 힐난할 것이다.

기생 자야를 사랑한 백석은 자야가 선물한 넥타이를 소중히 생각하며 「내가 이렇게 외면하고」라는 연정의 시를 남겼다. 그런 그가 제자 김진세의 누이에 반해 「나와 나타샤와 흰 당나귀」라는 시를 남겼다. 그는 이 시 2연에서 "나는 혼자 쓸쓸히 앉아 소주를 마신다/소주를 마시며 생각한다/나타샤와 나는/눈이 푹푹 쌓이는 밤 흰 당나귀를 타고"라며 비몽사몽에 가까운 딱한 시어를 남긴다.

김윤식은 이 백석을 「백석론」에서 '천재 시인' '영원한 매력을 지닌 시인' 또는 '백석 시학은 우리 민족의 북극성'이라는 새로운 성좌론(이 성좌론은 『학풍』 창간호, 1948년 10월, 편집 후기에 처음 언급되었다.)으로 극찬하고 있다. 그러나 술집을 자주 찾았던 그의 삶은 이러

한 극찬이 무색할 정도로 그의 가족에게 씻어내지 못할 한을 남겼
다. 이화여전 출신으로 알려진 그의 아내가 1949년 외아들을 데리
고 월남하면서, 백석이 만약 월남하면 가만두지 않겠다며 증오하였
다고 전해지는 것은 시사하는 바가 크다.

　고은이『시평』지를 통해 시객들에게 준 편지는 이와 같은 기인을
빙자한, 무책임하기 그지없는 술꾼들이 되길 열망하는 뜻에서가 아
닐 것이다. 다만, 현재 시단이 너무 삭막하도록 소통이 안 되고 있
음을 지적한 것으로 이해된다.
　"술 한잔 마신 김에 아마도 이런 이야기나 한가롭게 주고받는 시
단이 얼마나 풍류스럽겠는가를 미루어보자는 것인가 봅니다." 또
는, "또 하나는 시인에게는 그래도 세상의 악다구니로부터 좀 물러
서서 유한적인 존재로서의 인간 행로의 비애에 잠길 때 술이 근친
이라는 사실 때문입니다." 이러한 대목에서 그렇다.
　백번 옳은 지적이다. 그러나 어찌하랴. 이는 농경사회를 한참 벗
어나 산업사회를 넘어 정보화 사회에 흠뻑 빠져 있는 우리 시객들
의 영원한 숙제인 것을. 더구나 이로 인한 핵가족화 속에서 자란 젊
은 시객들은 오죽할 것인가.

　고은이 안타까워하듯이 시가 머리에서가 아니라 "가슴에서 터져
나와"야 하는 것은 당연한 이치이다. 그러나 가슴에서 터져 나오게

하려면 지나치게 술에 의존해서는 이룰 수가 없다. 지나친 음주는 가슴을 피폐하게 만든다. 그러한 가슴에서 어찌 제대로 된 시가 터져 나올 수 있겠는가.

따라서 시객들은 시를 짓겠다는 미명하에 지나치게 술꾼들이 되어선 안 된다. 술꾼 대신 삶꾼이 되어야 한다. 삶의 진정성을 끊임없이 찾아가는 삶꾼이 되어야 한다. 술에 흐물흐물 취해가는 방랑자가 되지 말고 삶에 촉촉하게 배어가는 유랑자가 되어야 한다.

1809년 유배 당시, 기근으로 허덕이는 민초들의 고통을 함께하고자 「전간기사(田間紀事)」를 집필한 다산 정약용이 "음풍농월을 일삼는 시인의 시는 이미 시가 아니다"며, 민초들의 고통은 아랑곳하지 않고 술과 여자와 가무로 일관한 당시의 시객들에게 단호히 선언했음을 우리는 아직도 주지할 필요가 있다.

가슴에서 시가 터져 나오게 하는 진정한 길은 술이 아니라 맑은 가슴과 맑은 정신으로 오직 만상(萬象)의 삶을 흠모하는 곳에서 찾아야 한다. 세상이 아무리 악다구니판이라 해도 절대로 술을 그것의 도피처로 삼아선 안 된다. 수행의 계율과 윤리를 초월한, 진정한 시객의 모습도 그렇게 찾아야 하지 않을까 싶다. 결단코, 시객의 삶은 녹녹하지 않은 것이다.

● 「시평」, 2002년 겨울호

화장기 없는 청명한 시
— 조혜영 시집, 『검지에 핀 꽃』

1

　필자가 조혜영 시인을 처음 알게 된 것은 지난 1996년 겨울이었
다. 인천노동자문학회에서 발간하는 문집『길 위의 길』14권에 실린
그이의 「사탕을 좋아하는 아이」라는 제목의 시를 통해서였다.

　"가장 안타까운 때는/엄마, 졸려서 못 일어나겠어요/가장 조바심
날 때는/오늘이 일요일이야?/가장 짜증스러울 때는/이빨은 안 닦고
얼굴만 닦으면 안 돼?/가장 곤란할 때는/사탕도 싫어!"

　이른 아침 출근을 앞둔 젊은 엄마와 어린아이의 실랑이를 그린
시이다. 이른 새벽 깊이 잠든 어린아이를 억지로 깨우는 것에서부
터, 잠시라도 엄마와 헤어지기 싫은 어린아이를 떼어놓고 출근길을
나서야만 하는 현실을 가감 없이 묘사한 이 시에서 우린 가장 원초
적인 사랑을 발견한다.

　로션이나 혹은 스킨마저 허락하지 않는, 화장기 하나 찾아볼 수

없는, '출근길 1'이라는 부제를 붙인 이 시를 통해 그이가 매우 깔끔한 정과 사랑을 소유한 시인일 거라 생각했다. 깔끔한 정과 사랑이란 무엇인가? 베풀되 결코 지저분하지 않은 것일 것이다. 굳이 생색내지 않아도 받는 당사자나 지켜보는 주변인이 즉각 가슴 깊이 느낄 수 있는 그러한 정과 사랑을 베푸는 시인일 거라 생각했다.

조혜영과 처음 얼굴을 마주한 것은 그 이후 세월이 좀 흐른 1999년 여름이었다. 인천작가회의의 어느 모임 후에 갖게 된 뒤풀이 자리에서였다. 그 자리에서 몸이 병약하여 건강하지 못한 동료에 대한 애틋하면서도 절실한 그이의 남다른 배려를 목도하면서 그이에 대한 나의 생각이 어긋나지 않았음을 확인할 수 있었다.

원고 마감 일자를 확인하기 위해 초저녁에 걸었던 휴대폰 통화에서, 인천에 집이 있는 시인은 강화도 교동으로 다시 들어갔다고 했다. 교동초등학교에서 영양사로서 밥 짓는 일을 하고 있던 시인은 방학이 끝나고 개학을 함에 따라 강화도로 다시 들어간 것이다. 조혜영은 이곳에서 여전히 깔끔한 정과 사랑이 깃든 따뜻한 밥을 지어낼 것이다. 그렇게 시를 지을 것이다.

> 할머니와 화평동 냉면골목
> 뒤편 교회 밑에 사는 대기는
> 수시로 급식실을 드나듭니다
> 물이 먹고 싶다며

하루에도 몇 차례씩 급식실을
두리번거립니다
물이 먹고 싶다며

할머니가 앓아누우셨는지
물을 마시고 힘없이 돌아서는
대기한테서 오늘은
밴댕이 젓갈 냄새가 납니다
                              ―「2학년 민 대기」 전문

　화장기 없는 시인의 맨얼굴에 화장품이 필요 없듯, 명징하여 잡
다한 해설이 필요 없는 이 작품을 읽으면서 왜 이 세상에 시를 짓는
이들이 반드시 존재해야만 하는지를 자각하게 된다. 또한 시인의
시선은 어떻게 두어야만 올바로 두는 것인지를 깨닫게 된다.
　시인이 세상에서 편하게 사는 일을 표현하는 말로 음풍농월(吟風
弄月)이란 말이 있다. 풍월을 읊는다는 의미다. 세상사를 모두 잊고
한가롭고 평안하게 바람이나 달을 읊조리는 시인의 입장을 표현하
는 말이다. 음풍농월과 비슷한 담기설주(譚碁說酒)라는 말도 있다.
바둑이나 장기 두는 이야기, 술 마시고 떠드는 일을 시로 읊는 것을
말하는 것이다.
　이에 대해 다산 정약용은 "시를 짓지 않으려면 모르려니와 시를
짓는다면서 음풍농월, 담기설주에 불과한 시작(詩作)을 해서는 안

된다.”고 단호히 말했다. 시를 지을 때는 반드시 인간의 삶과 역사적 사실들을 인용하라고 강조했다. 인간의 삶의 변천사가 시에 꼭 담겨 있어야 한다는 지적이다. 따라서 인간의 삶, 세상의 흐름, 역사의 추이 등 많은 냄새와 흔적이 배제된 시는 절대로 훌륭한 시가 될 수 없다는 것이다.

「2학년 민 대기」에서 시인은 노쇠하고 병약한 할머니와 단 둘이 살고 있는 소년 가장인 대기가 지금 절실하게 찾고 있는 것이 무엇인지를 “물을 마시고 힘없이 돌아서는” 모습을 통해 적시하고 있다. 시선을 올바로 두고 있는 것이다.

시인은 배고픈 배를 움켜쥐고 밥을 찾아 “수시로 급식 실을 드나”드는 대기에게 밥을 주었을 것이나 정작 시에서는 절제하여 표현하지 않고 있다. 시의 내용이 안타깝고 슬프고 눈물겹지만, 시가 한없이 청명하고 맑은 것은 이 때문이다. 시선을 따뜻하게 베풀되 생색내지 않는 것이 올바른 시인의 자세이며 시의 덕목이다라는 것을 여실히 보여주고 있다.

2

미래학자 허만칸은 지난 1972년, 한국을 방문한 자리에서 한국의 노동력에 대해 “금쪽과 같다”고 평가했다. 아울러 “이 노동력으로 한국은 향후 20년 후 아시아의 부강국이 될 것이다”라고 예측했다.

   지금 우리는 지나치게 희망적인 것으로 여겨졌던 그의 예언이
상당 부분 들어맞았다는 것을 보고 놀란다. 그리고 그것을 가능케
한 요소로서 우리가 가지고 있는 거의 '유일한' 자원인 노동력에 대
해 생각해보지 않을 수 없다. 특히 그 금쪽같은 노동력을 분출해내
는 노동자에 대해 생각해보지 않을 수 없다.

   이 나라를 부강국으로 만들어 내는 데에 있어 견인차 역할을 해
온 노동자들, 그러나 그들의 삶은 여전히 온전치 못하다.

> 새벽 4시에 출근하는 남편에게
> 나는 10년이 넘도록
> 밥상을 한 번도 차려주지 않았어요
> 정신없이 출근했다 퇴근해 집에 오면
> 야근하고 새벽 퇴근한 남편
> 이불도 개고 청소도 하고 밀린 빨래도 하고
> 더러는 저녁밥상까지 차려
> 모처럼 온 식구가 밥을 먹는 날
> 사랑 받으려면 마무리를 잘 해야 한다며
> 미안하게 설거지까지 하는 남편에게 나는
> 맞벌이하는 여자들의 시시콜콜한 불평을
> 정신없이 늘어놓다가
> 이불 속에서 별을 따는
> 우리는 정신없는 맞벌이

철도의 변형근로가 우리한테는 안성맞춤이야
식당 일이 노가다인데 밥하는 일 정말 지겹겠다
노조 일에 며칠 얼굴 보기 힘든데
요리 조리 쳐다보고 자꾸 쓰다듬고
파업하면 집안일에 신경 못 쓸 거라며
문풍지도 붙이고 보일러도 점검하고
그래서 나는 국수도 말고 요리를 해서
우리는 늦은 밤까지 술 한 잔 했는데

철도가 파업해 승리하면 내 손에 장을 지지겠다고
하려면 확실하게 하라고 큰소리치기는 쳤는데
남편의 코고는 소리가 심상치 않다

새해에는 시댁에 맡긴
작은 아들도 데려다 키워야 하고
시아버지 칠순인데 금강산 관광 보내드린다고 했었지
부모님 약값은 해마다 하나씩 더 늘고
전세계약도 끝나고
큰 녀석 생각하면 이제 적금 하나 들어야 할 텐데

노조 일 반대하지 않아 고맙다며
해고 돼도 이해할 수 있겠냐는 남편 말에
까짓 것 내가 벌어먹고 살면 되지 그러긴 했는데
새벽 출근 때문에 일찍 잠든 남편 곁을 나와

술 몇 잔 더 마셔도
취하지 않고

— 「변형근로, 변형부부」 전문

시가 갖고 있는 가장 큰 미덕과 힘은 '공감'과 '감동'이다. 시인의
삶을 적나라하게 보여주고 있는 이 시에 우리가 크게 공감하는 것
은 이 땅의 노동자들의 삶이 올바로 서 있지 못하고 '변형'되어 있
다는 데에 있다. 노동자의 삶은 바로 '노동'인데 그 노동이 '변형'되
어 있으며, 따라서 '변형된 부부'로 살 수밖에 없다는 것은 참으로
암울한 현실인 것이다.

'변형된 부부'가 이 땅에서 살아갈 수 있는 원천은 노동의 대가
로 얻어진 물질이 아니라 상대방의 아픔을 쓰다듬어주고 안아주는
부부애다. 출근하고 퇴근하는 시간이 서로 엇갈려 남편에게 결혼한
지 "10년이 넘도록/밥상을 한 번도 차려주지 않았"지만, "야근하고
새벽 퇴근한 남편"은 오히려 "이불도 개고 청소도 하고 밀린 빨래도
하고/더러는 저녁밥상까지 차려"준다.

그뿐만이 아니다. 맞벌이하고 있는 아내를 궁휼히 여겨 "식당 일
이 노가다인데 밥하는 일 정말 지겹겠다/노조 일에 며칠 얼굴 보기
힘든데/요리 조리 쳐다보고 자꾸 쓰다듬고/파업하면 집안일에 신
경 못 쓸 거라며/문풍지도 붙이고 보일러도 점검"해 준다.

이러한 부부애로 어쩌다 "국수도 말고 요리를 해서/우리는 늦은

밤까지 술 한 잔 했는데", "철도가 파업해 승리하면 내 손에 장을 지지겠다고/하려면 확실하게 하라고 큰소리치기는 쳤는데/남편의 코 고는 소리가 심상치 않은" 팍팍한 노동 현실은 그 짧고 작은 행복마저 허락하지 않는다.

  그러나, '변형된 부부'는 이에 굴복하지 않고 잘못된 현실을 바로잡는 길잡이가 되길 마다하지 않는다. "노조 일 반대하지 않아 고맙다며/해고 돼도 이해할 수 있겠냐는 남편 말에/까짓 것 내가 벌어먹고 살면 되지"라며 '올바른 부부'의 길로 꼿꼿이 나선다. 이쯤 되면 어찌 우리가 시 「변형근로, 변형부부」 앞에서 '공감'과 '감동'을 하지 않을 수가 있겠는가.

> 3일간의 파업을 끝내고 돌아온
> 남편의 파업배낭을 푼다
> 침낭에 붙어 있는 누런 잔디와
> 마른 잎가지들 사이로
> 숨 가빴던 새벽의 찬 공기와
> 헬기에서 뿌린
> 철도청장의 삐라가 들어 있다
>
> 가쁜 숨 몰아쉬며
> 허공을 내젓는 남편의 손짓은
> 꿈속에서도 그놈의 구호를 외치나 보다

시민의 발을 묶어놓고 밥그릇싸움 한다며
배부른 놈들이 더한다고
실업자는 열 받아 못 살겠다는
어떤 시민의 묶인 발을 생각하며
나는 파업배낭을 푼다

직권조인, 파업철회, 현장복귀명령
울분을 뒤로하고 철수하던 대열에 따라
등에서 흔들리던 파업배낭
대한노총 때 만들어져 52년 어용
철도노조 사상 첫 총파업을 수행했다는
승리감 하나로 현장에 복귀하던 날
스스로 무거운 짐이 되었을 파업배낭
그 짐을 하나하나 풀며
위원장이 흘리던 눈물을 잠시 떠올린다

여차하면 다시 배낭을 꾸려야 한다며
철도는 이제 시작이라던 남편의 말이
사실이 아니더라도
아무래도 민영화 철회를 위해선
파업배낭을 너무 일찍 풀었구나 내가

이제 시작이라는데
시민의 발을 다시 묶어서

그 묶인 발들의 쇠밧줄을 풀어줄
그날을 다시 기다리는

지금은 야윈 파업배낭

———「배낭」전문

철도노조가 파업을 했다. 마구잡이식으로 국영기업과 공익성 있
는 기업을 '민영화'한다는 미명 아래 민간과 해외에 팔아 국민들에
게 고통을 안겨주는 권력과 해외 매판자본에 대항하기 위한 파업이
다.

하지만 그 파업으로 인해 시민들의 발이 묶였다. 이를 권력과 자
본은 교묘하게 이용, 언론과 여론을 통해 "민영화 철회"라는 파업의
근본 취지를 탄압한다. 파업은 결국 그 탄압에 굴복했다.

시인은 철도노조가 파업의 근본 취지인 민영화 철회 싸움에서
지면 국민들은 영원히 쇠밧줄에 묶일 수밖에 없고, 그래서 쇠밧줄
을 풀어줄 파업은 계속되어야 하며 승리해야 한다는 생각에 이른
다. 따라서 파업철회를 하고 귀가한 남편이 "파업배낭을 너무 일찍
풀었다"고 반성한다.

그리고, 비록 힘의 강자인 권력과 자본의 여론몰이 농간으로 파
업의 뜻을 이루지 못하고 패배한 "지금은 야윈 파업배낭"이 되었지
만, "여차하면 다시 꾸려" 권력과 자본으로 인해 꽁꽁 묶인 시민들

의 "그 묶인 발들의 쇠밧줄을 풀어줄/그날을 다시 기다리는" '배낭'
이 되어줄 것이라고 굳게 믿고 있다.

　이 시에서 시인은 공공기업과 교원, 공무원 등의 공공 사업체 노
조의 파업이 여론에 얼마나 취약한지를 고민하고 있으며, 강한 힘
으로 언론과 여론을 교묘하게 이용하여 파업의 근본 취지를 탄압하
는 권력과 자본을 질책하고 있는 것이다.

3

　조혜영 시인은 노동자의 신분이다. 그러나 필자는 굳이 그이를
노동자시인이라고 부르고 싶지 않다. 노동자 신분이기 때문에 '시
인' 앞에 '노동자'를 붙이는 것을 개인적으로 싫어하지만(필자의 경우
시인으로 불러주기보다 그냥 노동자라고 불러주길 원한다), 그 무엇보다
도 문단의 일각이나 일부 독자들이 우선 '투쟁'과 '구호'에 젖은 선
동자로만 잘못 인식하고 있는 현실이 마땅치 않기 때문이다.

　또한 노동문학을 문학의 곁가지로 폄하하여 인식하고 있는 것도
불만이다. 노동문학이야말로 참여, 순수, 대중 등 모든 문학의 진정
한 어머니인데도 말이다.

　그러한 견지에서 이제 우리는(노동자 신분의 문인, 노동자 출신의 문
인, 노동문제를 고민하는 문인 등) 부조리한 사회에 대해 고민하듯, 부
조리한 노동현장에 대해 고민하지 않을 수 없다.

불행하게도 현재 한국 노동현장은 계급화되어 있다. 빈부로 계급화되어 있는 자본주의 속성을 그대로 닮아 있다는 점에서 매우 우울하다. 대기업에서 종사하는 노동자와 중소기업에서 종사하는 노동자, 계약직 일용직 노동자, 그리고 실직 노동자로 계급화되어 있다. 이들 집단은 각기 산업체의 규모에 따라 노동자 보호법인 노동법 적용에서부터 임금에 이르기까지 철저히 계급화되어 있다. 상류층 노동자 집단과 중류층 노동자 집단 그리고 하류층 노동자로 철저히 계급화되어 있다.

안타깝다. 배부른 상류층 대기업 노동자 집단은 자신들만을 위해 투쟁한다. 집단마저 이룰 수 없는 배고픈 하류층 노동자들을 위해 헌신하지 않는다. 당연히 자신들보다 더 소외된 이들을 위해 희생해야 함에도 그렇지 못하고, 자신들만의 배를 더 채우기 위해 혈안이 되어 투쟁한다. 어찌 보면 자본보다 더 악독하고 정의롭지 못하다. 시인은 이러한 현실을 직시해야 하며, 결코 좌시하면 안 될 것이다.

유사 이래, 문학 특히 시는 부조리함과 그것을 조장하는 세력들과 맞서왔다. 시는 모든 부조리함에 맞서왔듯, 부조리한 노동자 세력에 대해서도 침묵하지 말고 이제 입을 열어 맞서야 할 것이다. 그러한 의미에서 시 「키질」을 주목하지 않을 수 없다. 음미해보자.

늦가을 콩밭에서

어머니 거둬들인 콩나락
키질을 하는데
킬킬킬
흰콩이 볶아대듯 달아난다

성한 놈은 성한 놈끼리
깨진 놈은 깨진 놈끼리
못난 놈은 못난 놈끼리
혼돈 속에서 한데 뭉치다
알맹이는 키 안에서 웅크리고

무지랭이 앞다투어 경계를 넘는다

—「키질」 전문

● 조혜영 시집 『검지에 핀 꽃』 발문, 삶이보이는창, 2005

소통을 찾아 나선 시의 여정
— 천금순 시집, 『아코디언 민박집』

1

천금순 시인이 한국작가회의 인천지회(인천작가회의)에 회원으로 가입하던 2003년, 창립 회원으로 활동해온 필자는 인천을 떠나 김포로 이사 왔다. 투병을 하기 위해서였다. 산업화의 물결이 이 사회를 뒤흔들던 70년대와 80년대, 분진 등 유해물질이 범람하던 영세한 공장에서 20여 년간 노동을 하며 얻은 병이 고질병이 되어 있었다. "현재의 의술로는 완치가 어려우니 공기 좋은 곳으로 가 요양해보라"는 의사의 권유에 따른 것이다. 의사는 "몸이 잘 버티어주고 의술이 좋아지면 후일 치료가 가능하다"는 말도 덧붙였다.

김포로 이사 온 후 모든 활동을 접었다. 인천작가회의 활동도 거의 하지 못했다. 어쩌다 인천작가회의 모임에 잠시 다녀온 것이 전부다. 2010년까지 그 횟수가 몇 손가락에 들 정도다. 천금순 시인의 이름을 알게 된 건 2006년 인천작가회에서 발행하는 『작가들』 겨울

호에 발표한 시인의 시를 접하면서부터다.

"겨울을 극복하는 건 나무만이 아니다. 새들도 온갖 짐승들도 마찬가지. 암 투병을 하고 있는 사촌언니도 봄꽃을 피우기 위해 겪지 않으면 안 될 지상에서의 헐벗은 몸으로 빈 것이 된다. 아물지 않은 상처를 다스리며"(「겨울 병실」 부분)

시인을 직접 대면하게 된 그해 5월에 생사를 넘나드는 험악한 수술을 받고 투병 중에 있던 필자는, 시인이 사촌언니의 병상에 문병을 다녀오고 지었을 이 시를 읽고 크나큰 위로를 받았다. 그리고 시인이 그 무엇이든 품을 수 있는 넉넉한 가슴을 지닌 시인일 거라 생각했다.

시인을 직접 대면하게 된 것은 2011년 초, 필자가 건강을 되찾고, 인천작가회의에서 다시 활동을 하면서다. 필자보다 네 살 연상인 시인은 인천작가회의에서 어머니 역할을 하고 있었다. 시 「겨울 병실」을 읽고 짐작했던 필자의 생각이 어긋나지 않은 것이다.

시인은 현재도 변함없이 그 어머니 역할에 매진하고 있다. 모임에 올 때 끼니를 챙기지 못하는 회원을 위해 누룽지 보따리를 지참하는가 하면, 손수 우려낸 귀한 차를 달여 오기도 한다. 모임에 와선 궂은일에 늘 젊은이들보다 앞장선다. 나이로는 누님이지만, 어머니 같은 시인이다. 이번 시집에 실린 시편들에서도 그러한 면모가 가득 배어 있다. 어머니는 어떠한 존재인가. 우리의 모든 어머니는 소통의 통로이다.

저 멀리서 오는 파도 소리
그
숨을 쉬며 오는 것인 양
한낮 땡볕 아래
초록의 숲 사이
매미는
'색즉시공 공즉시색'을 호흡하고 있다
그
뒤를 이어
마음으로 여름이 가는 자리
가을이 오듯
쓰르라미 앓는 소리
그대의 앓는 소리
한 우주가
그렇게 숨을 쉬는 소리

—「풍경」 전문

　햇볕 따가운 여름날, 매미가 '색즉시공 공즉시색', 즉 '존재하는 것이 존재하지 않는 것이요, 존재하지 않는 것이 존재하는 것이다'라는 부처님의 말씀을 호흡하며, 부처님과 소통하고 있는 숲을 발견한 시인의 시선이 예사롭지 않다. 디구나 "마음으로 여름이 가는 자리/가을이 오듯/쓰르라미 앓는 소리/그대의 앓는 소리"라며, 여름과 가을이 가고 오듯 소통하며, 쓰르라미와 그대가 앓는 소리를 내듯 매미라는 미물과 그대라는 인간이 소통하고 있는 것을 간파한 시인의 노래에 소통이 부재한 이 시대를 살고 있는 우리는 귀 기울여야 할 것이다.

우리는 너 나 할 것 없이 모두가 소통이 단절된 곳에 자신을 스스로 유배시키고 외롭게 살고 있다. 가진 자는 가진 자대로 못 가진 자는 못 가진 자대로, 권력이 있는 자, 권력이 없는 자, 모두가 스스로 소통의 문을 닫아걸게 되는 이러한 현상은 앞으로 더 하면 더 했지 완화될 조짐은 없다.

이는 자본주의 사회에서 일어나는 특성이며, 그 자본주의는 더욱 상승되어 갈 것이기 때문이다. 따라서 자본주의가 상승하면 상승할수록 소통에 이르는 문은 더욱 닫혀갈 것이다. 더 인간다워야 할 필요가 있는 우리는 이를 반드시 극복하여야 할 것이다. 시인이 제시하는 그 방법을 따라가 보자.

길을 걷다
아무렇게 쌓아올린 돌무더기, 잣담을 본다
어긋어긋 벌어진 돌 틈 사이로
이쪽과 저쪽 세상이 훤히 보인다
그
빈틈으로
모진 바람도 드나들며 순해지는 것이다
빈틈은 소통이다

그대와 나의 잣담
나의 빈곳이 그대에게 가기 위한

　　　　　　　　　　　　　　　　—「빈틈」전문

모든 국토가 도시화되어 가는 환경에서 살아가야 하는 우리에게
는 지나칠 정도로 빈틈이 없다. 가령, 그대는 지금 팔차선 도로변에
서 있는가. 그렇다면, 서 있는 주변을 보라. 어디 틈이 보이는가. 우
선 건너편 건물을 보자. 허점(틈)을 보여서는 안 되도록 교육을 잘
받은 설계사에 의해 설계되고, 역시 허점(미숙)을 보여서는 안 되는
건축가에 의해 빈틈 하나 없이 반듯하고 매끄럽고 완벽하게 지어진
건물에서 어찌 바람 한 점 통하는 소통이 이루어질 수 있겠는가. 그
대와 내가 제대로 소통할 수 있겠는가.

소통은 자로 잰 듯 완벽하게 지어진 것에서는 이루어질 수 없으
며, "아무렇게 쌓아올린 돌무더기, 잣담"의 그 "어긋어긋 벌어진 돌
틈 사이"에서만 이루어질 수 있다. "이쪽과 저쪽 세상이 훤히 보이"
는 소통이 이루어질 수 있기에 시인은 "빈틈은 소통이다"라고 단언
한 것이다. 시인이 말하는 "아무렇게"는 "어긋어긋" 자유로운 것으
로, "부실"과는 전혀 다른 개념이다.

이 시에서 주목해야 할 것은 진정한 소통이 이루어지려면, 시인
이 "나의 빈곳이 그대에게 가기 위한"이라고 선언했듯이 나에게 먼
저 빈틈이 있어야 한다는 것이다. 사물이 빈틈이 없게 된 것은 그것

을 만든 인간이 빈틈없이 만들었기 때문이다. 우린 우리의 소통을
위해 사물을 만들 때보다 더 "아무렇게" 만들어서 "빈틈"이 보이게
해야 할 것이다.

　그리하려면 먼저 너무 완벽해 있는 인간 개인과 개인이 아주 많
이 "아무렇게" 부족해지고 미숙해져야 한다. 상대가 들어갈 수 있는
허점을 많이 가져야 한다. 그 허점은 많으면 많을수록 좋을 것이다.
허점이 많은 빈틈은 "이쪽과 저쪽 세상이 훤히 보이"며, "모진 바람
도 드나들며 순해지"고, "나의 빈곳이 그대에게 가기"도 하기 때문
이다. 그리하여 비로소 진정한 소통을 이루기 때문이다.

　2

　맹자는 "오곡은 종자가 좋은 것이지만, 만약 제대로 익지 않으면
돌피나 피만도 못하다."고 하였다. 비록 곡식의 종자라도 익지 못하
고 시들어버리면 익은 가라지나 피만도 못하다는 이야기다. 피는
궁핍할 때 거두어 피죽이라도 끓여 먹을 수 있는데, 익지 못한 종자
는 죽으로도 끓일 수가 없음을 지적한 말이다. 불교 경전에는 수행
이 없는 승려를 보리밭에 자라나는 '보리깜부기'에 비유하여 구별
하기 어려움을 지적하고 있다. 농부가 보리씨앗이 모두 좋은 보리
로 결실되기를 기대하고 경작하지만 이삭이 패는 것을 보고나서야
보리깜부기를 식별하게 되는 것처럼, 신도가 보면 모두 계율을 지

키는 승려 같아도 알고 보면 겉만 승려이지 속은 승려가 아니라는 것이다.

조선 후기 실학자 안정복은 불교 경전이 거짓 승려를 '보리깜부기'에 비유하여 깊이 경계한 것을 들어, 당시의 선비답지 못한 선비들을 돌아보며 "불교에서 이처럼 비유를 잘 하였으니 경계해야겠다. '선비'라 일컬어지는 자 가운데 '깜부기'를 면할 자가 몇이나 되겠는가."라고 탄식하였다.

진짜가 아닌 것이 어디 보리깜부기와 거짓 승려, 선비답지 못한 선비에게만 국한되겠는가. 시인답지 못한 시인도 이에 속할 것이다. 수많은 매체를 통해 하루에도 수없이 만들어지는 그 많은 시인들 중에 과연 시인다운 시인, 진정한 시인은 얼마나 될까. 정작 시인의 역할을 제대로 하는 시인은 몇이나 될까. 이 글을 쓰고 있는 필자는 과연 진짜 시인일까, 시인 흉내를 내고 있는 것은 아닐까, 자문하게 된다.

농부가 끊임없이 경작지를 일구고 가꾸어서 씨를 뿌리고 좋은 결실을 내어 그 결실을 만인에게 공급하여 유익을 주듯이 시인도 그리하여야 진정한 시인일 것이다. 시인 흉내를 내고 있는, 시인답지 못한 시인이 넘쳐나서 참다운 시인을 만나기가 어려운 때에 진정한 시인을 만나 반갑다.

이 시집에 실린 시편들을 보면 단번에 알 수 있듯이 천금순 시인은 한반도 전국을 시의 경작지로 삼아 발이 부르틀 정도로 주유했

다. 무엇 때문이었을까? 앞서 살펴보았듯이, 우리의 소통을 위해서
다. 그렇다면, 우리가 추구해야 할 진정한 소통은 어떤 모습이어야
할까?

몇십 개의 마을을 지나 왔는가
지리산 곳곳에 걸쳐 있는 옛길과 고갯길
숲길과 강변길 논둑길과 농로길
그리고 마을길을 거쳐
삼산리 인동 할매가 싸준
주먹밥으로 허기진 배를 채운다
흐르는 계곡물에 발을 담그고
산 꿩 우는 소리 듣는다
그 울음소리 뒷산 봉우리가 받아 넘기고
또 그 뒷산 봉우리가 받아 넘긴다
가도 가도 깊은 산속
나무와 새소리뿐
다시 힘을 내어 걷는다
쌍재와 고등재를 넘으며
내 등에 흐르는 땀과
점점 무거워지는 배낭
갈 길은 높고 멀기만 한데
가늘게 떨어지고 있는 상사폭포가
그윽한 산바람에 쌓여서

그 폭포 소리로 나를 불러 세운다
슬픈 전설과 함께

—「상사폭포」 전문

목적이 아름다우면, 과정도 아름답고 결과도 아름답다. 목적이 절실하면, 과정도 절실하고 결과도 절실하다. 목적이 분명하면, 과정도 분명하고 결과도 분명하다. 이 한 편의 시가 그 모든 것을 증명하고 있지 않은가. 어느 화가가 이토록 아름답고 절실하며 분명하면서 구체적이기까지 한 아름다운 소통의 모습을 화폭에 담아낼 수 있겠는가.

시인이 전국 각지를 주유한 것은 단순히 여행을 즐기기 위해서가 아니다. 현실의 부재한 소통을 극복하여 더불어 살아가기 위한 길 찾기이며, 외로우면서도 처절한 투쟁이다.

그 길 찾기는 "지리산 곳곳에 걸쳐 있는 옛길과 고갯길/숲길과 강변길 논둑길과 농로길/그리고 마을길을 거쳐"서, 인동 할매가 싸준 주먹밥, 흐르는 계곡물, 산 꿩 우는 소리, 그 울음소리를 받아 넘기는 뒷산봉우리, 가늘게 떨어지고 있는 상사폭포, 그윽한 산바람을 만나게 하고, 이러한 대자연과의 소통을 가능하게 한 과거의 "슬픈 전설"까지 현실로 이끌어내고 있는 투쟁이다.

그 투쟁의 여정은 "아무도 없는 능선의 죽은 고목과/세찬 바람만이 나를 반길"('대관령 옛길」 부분) 정도로 험난하며, "나 또한 모슬

포 항에 닻을 내리고/바람 속에 서 있을"(「모슬포항」 부분)만큼 막막
하며, "오늘의 물결이 새들의 발자국과/그밖에 모든 것들을 지워
버리"(「허공」 부분)듯 허탈하며, "낯선 바람만이 내 등을 떠밀고 있
어"(「낯선 바람」 부분) 외로우며, "아무도 걸어가지 않은 눈 위로 새들
의 발자국이 별자리인 양/떠 있고 간혹 바람이 눈보라를 일으키며
그 흔적을 지우기도 하"(「눈길, 지워진 세상」 부분)여 안타까우며, "벌
써 한 달 넘게 오른쪽 발바닥에 침을 맞고 있다/너무 오랫동안 걷고
산을 오르내려/그만 발이 병이 나 버린"(「족근통」 부분) 고단한 고난
의 길이다. 그렇지만, 시인은 이에 굴복하지 않는다. 도리어 자신을
다잡는다.

　　　옷가지 하나도 이렇게 짐이 되는지 몰랐다

　　　가볍게 떠난 짐이
　　　걸을수록
　　　무거운 짐이 되었다
　　　한라산을 내려와
　　　올레길 어디쯤 과일가게
　　　한라봉과 청견을 부치며
　　　옷가지도 함께 부쳤다
　　　주인이 없는 집으로
　　　　　　　　　　　　　　　　　　　—「짐을 부치며」 전문

이렇게 다잡아, 다시 "저만치 대관령 옛 능선 위로 풍차가 돌고/ 농부는 여물지 않은 콩 타작의 도리깨질로 하루가 바빠"(「입암동 일기」 부분)서 희망적이며, "강물에 뜬 둥근 낮달에 늙은 내 얼굴을 비추어본다/멀리 있는 그대에게 흐르는 물로 초록의 편지를 쓰"(「섬진강변에서」 부분)는 낙천적이며, "부르튼 발로 몇 발짝 걷기도 힘들다/ 걷다 보니 뽕나무에 오디가 풍성하게 매달려 있다/오디 한 줌 입에 물고 또 걷"(「부처의 얼굴」 부분)는 도전적이며, "길은 어제의 길을 버리고/오늘의 길로 향하"(「길을 다시 떠나며」 부분)는 개척 정신으로, "아 지리산을 돌고 돌아 소릿길을/지리산에 둘레 쳐놓았듯이/나 지리산 품안의 사람들이 내었던 소통의 길"(「소릿길」 부분)을 찾아 소통을 위한 투쟁의 여정을 계속한다.

그리하여 순박하기 그지없는, 그러나 도시의 습성에 젖어 있는 시인이 감당하기에는 다소 버겁고 불편한 "내가 머문 방 어둠 속"의 사물들, "무화과나무로 깎아 만든 뱀을 밟고 서 있는 까만 이의 노인. 조각해 만든 커다란 악어의 무서운 이빨, 작은 창으로 바람에 쓸리는 대나무소리 휙휙 문 위의 금장을 두른 긴 장검"과의 소통의 공간에 이른다. 자신과 전혀 다른 이물질과 소통할 수 있다는 것은 엄청난 축복이며, 소통의 극치이다.

산과 산 사이 마을과 마을 사이 개울을 건너 노루목마을에 닿았다. 삼산리 인동할매가 소개해준 오래된 팽나무 그늘, 그 그늘 어디

쯤 아코디언 민박집 마당엔 늦은 고사리를 꺾어 말리고 안주인은
대나무밭에서 따온 죽순을 손질하고 있었다. 먼 길 오느라 수고했
다며 칡술과 고사리나물을 내왔다. 늦은 저녁을 마치고 벽에 걸린
퇴색한 낡은 옛 사진처럼 민박집 주인은 옛 노래 한가락을 연주하
고 있었다. 이제껏 걸어온 지리산 자락의 둘레길처럼 때로는 힘겹
게 때로는 가볍게 아코디언을 접었다 폈다 하는 것이었다. 그것은
아마도 자신의 인생역정을 연주하는 건지도 몰랐다. 그리고 내가
머문 방 어둠 속 무화과나무로 깎아 만든 뱀을 밟고 서 있는 까만
이의 노인. 조각해 만든 커다란 악어의 무서운 이빨, 작은 창으로
바람에 쓸리는 대나무소리 휙휙 문 위의 금장을 두른 긴 장검이 놓
인, 잠이 오지 않는 나는 목욕탕의 타올 두 개를 건어 거기에 덮어
씌웠다. 어둠 속 반짝이는 두 눈동자 문 밖으로 삵괭이 지나는 소리
                                           ─「아코디언 민박집」 전문

3

   약 4,600년 전에 기록되어 최초의 신화, 서사시로 알려져 있는
「길가메시 서사시」는 길가메시가 영생의 비밀을 찾아나서는 여정을
담고 있다.
   우르크의 지배자 길가메시는 지상에서 가장 강력한 왕이었다.
그러나 백성들이 그의 압제에 불만을 터뜨리자 신들은 길가메시의
힘을 낮추기 위해 엔키두라는 힘센 야만인을 만든다.

길가메시와 엔키두가 싸우고 예상 외로 길가메시가 이기자 둘은 친구가 된다. 둘은 삼나무 숲의 괴물 파수꾼 훔바바를 정벌하는 모험에 나서 그를 죽이고 우루크에 돌아온다.

길가메시가 여신 이슈타르의 유혹을 뿌리치자 이슈타르는 아버지인 아누에게 길가메시를 징벌하기 위해 하늘의 황소를 내릴 것을 요청한다. 길가메시와 엔키두는 하늘의 황소를 죽인다.

신들은 엔키두가 길가메시와 합세하여 훔바바와 하늘의 황소를 죽인 데 대해 분노하고 엔키두를 죽인다. 친구의 죽음으로 충격을 받은 길가메시는 영생의 비밀을 듣기 위해 죽지 않는 유일한 인간인 우트나피시팀과 그의 아내를 찾아 나선다.

이 여정에서 아홉 개의 문을 통과해야 했는데 각각의 문지기가 길가메시에게 요구하는 것은 똑같았다. 가진 것 중에서 무엇이든 하나를 내려놓고 가야 한다는 것이었다. 문을 통과할 때마다 하나씩 내려놓다 보니 아홉 개의 문을 통과한 후에는 자신이 가진 것이라곤 하나도 없었다.

고생 끝에 우트나피시팀을 만나 대홍수에 대해 전해 듣고 영원히 살 수 있는 기회를 두 번 얻지만 모두 실패하고 우루크로 돌아온다.

천금순 시인의 시편들을 읽다가,「길가메시 서사시」를 떠올렸다. 길가메시가 '영생의 비밀'을 얻기 위해 길을 나섰다면, 천금순 시인은 '소통의 비밀'을 얻기 위해 길을 나섰다. 그 여정에서 길가메시는 '영생의 비밀'을 얻지 못한 반면, 천금순 시인은 '소통의 비밀'을 얻었다.

길가메시가 길을 나선 목적을 이루지 못한 것은, 영생을 얻기 위한 그 목적이 지극히 개인적이고 이기적이었기 때문이 아닐까 싶다. 이에 반해 천금순 시인이 목적을 이룬 것은 소통을 얻기 위한 그 목적이 지극히 대중적이고 다중적이기 때문이 아닐까. 자신만의 영생을 추구하는 것 그리고 모든 것과 더불어 살아가는 것을 추구하는 차이일 것이다. 더불어 살아가는 것이야말로 영생하는 것일 것이다. 그 모습을 보자.

> 등짐은 무겁고 길은 갈수록 첩첩산중
> 동강에서 수철로 넘어가는 지리산 둘레길
> 어느 한 자락에 잠시 머문다
> 부르튼 발가락의 아픔도 그 아픔 자체인가
> 할머니 한 분이 막걸리 한잔하고 가라며 붙잡으신다
> 몇 년 전 돌아가신 할아버지 생각에
> 너무 외로워 사람 구경하려고
> 파라솔 한 개 헌 의자 몇 개 걸쳐놓으셨다며
> 흠집 난 양파와 백운산 막걸리를 내오신다
> 며칠 재워줄 테니 쉬었다 가라 하신다
> 길가 흙 담벼락, 허공에
> 한 줄 허튼소리 쓰고 간다
>
> ―「막걸리 한잔」 전문

"몇 년 전 돌아가신 할아버지 생각에/너무 외로워 사람 구경하려고/파라솔 한개 헌 의자 몇 개 걸쳐놓으셨다며", "할머니 한 분이 막걸리 한잔하고 가라며 붙잡으신다". 할머니는 또한 지리산 둘레길 어느 한 자락에 잠시 머문, 발가락이 부르튼 시인에게 "흠집 난 양파와 백운산 막걸리를 내오신다". 그리고, "며칠 재워 줄 테니 쉬었다 가라하신다"고 시인은 전하고 있다.

대다수 여행 시가, 특히 산수를 접하게 되는 여행 시가, 산수의 수려한 장관에 매료되거나 빠지는 것에 그치고 만다. 따라서 음풍농월을 일삼게 되고 더 나아가 허무주의, 염세주의에 이르기도 한다.

시인은 이를 철저히 경계하여 배척하고 있다. 여행에서 낳은 이 시집에 실린 시 한 편, 한 편이 엄하게 이를 지키고 있다. 리얼하다. 구체적이고 사실적이지만 조금도 과장되거나 허풍된 것이 없다. 진실한 것이다. 그리하여 더욱 감동적이며, 독자들과 공감대를 형성하고 있다. 그 공감대의 폭을 확장하기 위해 시인은 좀 더 사람이 북적대는 길로 접어든다.

> 나리분지에서 추산마을로 내려가는 길은 아름답다
> 바다를 바라보며 내리막길 한옆에
> 빨간 지붕의 교회도 아름답다
> 버스정류소도 없는 한가한 길에 서서

오지 않는 버스를 기다리는 유월의 햇빛
따가운 회초리를 맞고 있는 바다
바다 언저리 미역을 건져 바위에 널고 있는 여인
나는 천부로 가서 다시 석포 가는 버스를 타고
향나무가 많았다는 태하 전망대를 지나
모노레일을 타고 석포전망대에 오른다
인간극장에 출연한 노인이 타고 오르내린다는 도르레가 보인다
모노레일 안의 누군가가 왜 그렇게 살아가느냐고 물어보지만
삶이란 자기 의지와 상관없이 때로 힘겹게 오르내릴 수밖에
분지 안에 갇혀 살 수밖에 없음을
와달리 옛길을 걸어 저동항으로 내려온다

―「와달리 옛길」 전문

"모노레일 안의 누군가가 왜 그렇게 살아가느냐고 물어보"는 질문에, 도르래를 타고 힘겹게 오르내리며 진지하게 살아가고 있는 것이 귀감이 되어 텔레비전의 인간극장에 출연한 노인이 "삶이란 자기 의지와 상관없이 때로 힘겹게 오르내릴 수밖에/분지 안에 갇혀 살 수밖에 없음을" 고백하는 "와달리 옛길을 걸어 저동항으로 내려온" 시인은,

덕가산 휴게소를 지나 고지기재를 넘는다
포도가 맛있다는 예밀 2리, 거기에 사는
욕 잘하는 사람, 김천경을 만났다

산자락에 어둠이 깔릴 즈음 새끼고양이 눈은 빛나고
새로 얻어왔다는 강아지 방울이가 싸움을 한다
서로 주인의 사랑을 독차지하려고
농사꾼 김천경은 아내에게 한 세트를 내오라 소리 지른다
한 세트는 맥주 두 병과 소주 한 병 말하자면 칵테일이다
눈빛이 선 반달 아래 김천경은 시조를 읊는다
손바닥 마디마다 군살이 패인 피맺힌
굵은 마디의 거짓 없는 농부의 손, 손
당뇨가 있는데도 하루도 빠지지 않고 마시는
한 세트, 소주와 맥주와의 만남
그것은 고독한 존재의 탈피? 고단함?
그는 나에게 낡은 빈집에 살아 보란다

—「다시, 영월」 전문

"덕가산 휴게소를 지나 고지기재를 넘"어, "포도가 맛있다는 예밀 2리"에서 "손바닥 마디마다 군살이 패인 피맺힌/굵은 마디의 거짓 없는 농부의 손, 손/당뇨가 있는데도 하루도 빠지지 않고 마시는/한 세트, 소주와 맥주와의 만남/그것은 고독한 존재의 탈피? 고단함?/나에게 낡은 빈집에 살아 보라"는 농사꾼 "욕 잘하는 사람, 김천경을 만나"고,

그의 얼굴을 닮은 거무스름한 사과 한 알과
소주 한잔이 그의 아침이다

배추밭 소독하고 한잔 벼 털고 한잔
올여름 비가 많이 와서 고추도 병이 나고
모든 채소가 별로 소득이 없다는
그가 우리를 데리고 망경대산 중턱에 심은
고추를 보여준다며 술기운에 차에 태우고
급경사 망경대산을 서서히 오른다
많은 농사를 하다 보니 손이 가지 않은
탄저병에 걸린 고추밭을 쳐다보지도 않는다
산꼭대기 집까지 집집마다 들러서 인사하고
술 마시고 저 혼자 어둠이 칠흙 같은데도
내려올 생각을 하지 않는다. 차에 갇힌
우리는 기다리다 지쳐 사방이 어둠인 산속
깜깜 낯선 산길을 투덜대며 내려올 수밖에
산중턱 출판사를 한다는 어느 집에 들렀을 때
그 집 주인은 그를 꼭 안아주며 우리는 비주류야 했다
그가 세상 살기 싫다며
어제도 오늘도 마셔대는 지랄물

—「지랄물」 부분

"그의 얼굴을 닮은 거무스름한 사과 한 알과/소주 한잔이 그의 아침
이다/배추밭 소독하고 한잔 벼 털고 한잔/올 여름 비가 많이 와서
고추도 병이 나고/모든 채소가 별로 소득이 없다는" 이름 모를 농
사꾼의 현실을 접하게 된다.

그 현실은 주인공들이 감당하기에는 너무 암담하여서 "산중턱 출판사를 한다는 어느 집에 들렀을 때/그 집 주인은 그를 꼭 안아주며 우리는 비주류야 했다"며, 스스로 이 사회의 주류에서 소외된 "비주류"라는 비애감에 젖다 못해 "그가 세상 살기 싫다며/어제도 오늘도 마셔대는 지랄물"을 목도하고 이를 진술하기에 이른다. 이 진술은 그들과의 소통에서 이루어진 것이기에 슬프지만, 아름답고 희망적이다.

아름답고 희망적인, 시인의 소통을 찾아 나선 시의 여정은 독자들로 하여금 "바위 하나하나에 저마다의 이름을 붙여주고 싶은"(「굴업도」 부분), 개발을 우선시하는 자본의 논리에 휘말려 귀한 생명체들이 멸종할 위기에 놓인 천혜의 섬, 굴업도를 지켜야 한다는 의무감을 갖게 한다.

이것이야말로 시인이 전국을 주유하며 그토록 일구어내고자 했던 소망, 소통의 결정체가 아니겠는가. 그 결정체는 다음의 시에서 더욱 빛을 발한다. 시인의 소망이며, 소통의 산물, 평화를 사랑하는 모든 이들의 소망이기도 한 제주도 강정마을의 평화를 기원하는 시를 함께 음미하고, 그 소통으로 평화를 지키는 대열에 함께 서자.

> 겨울 강정에 기시 보있다
> 길 끊긴 강정포구 언저리
> 그 푸른 바다 한가운데

붉은 띠둘레를 친 펜스와 레미콘 차들이
줄지어 서 있는 거기,
사람들이 길을 가로막고 서서
간절히 엎디어 기도하고 있다
평화 강정마을을 꼭 지켜내야 한다고
나 부르튼 입술로
강정마을 샘솟는 신성한 할망물이라도
떠놓고 빌어 볼거나
바다에도 무덤이 있구나

　　　　　　　　　　　　　—「겨울 강정에 가서」 전문

● 천금순 시집 『아코디언 민박집』 발문, 지혜사랑, 2012

비로소, '내가 그리운 사람'이 된 현관
— 이승훈의 시 「현관에서」를 읽고

가을 아침 등을 구부리고
신을 신는다
갑자기 말문이 막힌다
이 고요한 통곡은
어디서 오는가
번개가 치는구나
내가 그리운 사람이다

— 이승훈, 「현관에서」 전문

이승훈의 시 「현관에서」를 좀 별스럽게 접했다.

편집자가 핸드폰을 통해 들려주는 시어 하나하나를 귀로 먼저 듣고, 그다음 들려오는 시어 하나하나를 이면지에 옮겨 적었다. 그리고 나서 비로소 보이는 시어 하나하나를 눈으로 읽은 것이다. 처음부터 지면에 실린 활자체를 눈으로 읽게 되는 통상적인 것과는 사뭇 다른 형태로 접했던 것이다.

이렇게 시「현관에서」를 특이한 형태로 접해서인지 아니면 내 감정이 변덕스러워서인지 또 다른 별개의 요소가 내재해 있어서인지 시에 대한 감동(느낌)이 냉큼 한곳으로 모아지지 않았다. 다시 말해 처음 귀로 들었을 때와 옮겨 적을 때와 눈으로 읽을 때의 감동이 각각 달랐던 것이다.

그리하여 이제, 처음 귀로 들으며 '좋은 시인데' 하고 떠올렸던, 그리고 옮겨 적으면서 '잘 짜여졌네' 하고 생각했던 지극히 순간적이면서 원론적인 막연한 느낌들을 떨쳐버리고자 한다. 그리고 읊으면 읊을수록 자꾸만 나를 진지하게 만드는 것은 과연 그 무엇인지, 그 구체적인 감동만을 찾아서 한곳에 모아 본다.

시「현관에서」는 1연 7행으로 이루어진 비교적 짧은 시이다. 그럼에도 그 어느 장편소설 못지않은 많은 이야기(詩語)가 연결되어 있다. 특히 행과 행 사이에 숨겨놓은 이야기들이 드러내놓은 시어들보다 더 아름답다. 눈으로 읽히는 시어들은 숨겨놓은 시어들을 더욱 아름답게 만들기 위한 하나의 수사(修辭)처럼 읽힌다. 나는 시인이 행간 마다에 숨겨놓은(의도적이든 아니든) 그 아름다운 시어들을 음미하기 위해 이 시를 읊어보고, 읊어보고, 또 읊어보았다. 읊지 않고 그냥 읽어버리면 이어져오는 다음 행의 시어들이 엉뚱하게 (?) 다가온다. 행과 행 사이에 숨겨놓은 그 수많은 아름다운 시어들을 느낄 수 없으니까. 따라서 이 시는 행간마다 숨겨놓은 보이지 않는 시어들을 찾아낼 수 있어야 시의 진지함을 맛볼 수 있다. 난해한 시다.

시를 읊자니 실존주의 철학자 키에르케고르가 한창 젊은 나이인 22세 때 일기장에 써놓았다는 다음과 같은 말이 생각난다.

"온 세계가 무너진다 해도 내가 꽉 붙들고 놓을 수 없는 이념, 그 것을 위해서 살고 그것을 위해서 죽을 수 있는 사명을 나는 찾아야 한다."

나는 오늘 시 「현관에서」에서 그 어느 이념보다 당연히 중요시 해야 할 사랑을 일구어내고, 또한 그 사랑을 지키기 위한 한 사내 의 사명을 본다. 사명을 목숨처럼 여기고 그 사명을 위해 몸을 불사 르는 모습을 본다. 그리고 서서히 나이 들어 늙어가는, 그러나 이를 극복하고 비로소 "내가 그리운 사람"이 되어 다시 삶을 다잡아 가는 거룩한 생의 한복판으로 들어간다.

우리가 오늘날 목숨을 걸고 지켜야 할 그 사명은 어디에서 무엇 을 근간으로 삼아야 하는가. 그것은 두말할 필요 없이 사랑일 것이 다. 그 사랑 중에서도 가족을 사랑하는 마음일 것이다. 22세의 젊은 키에르케고르가 좀 더 세상을 살아보고 생을 경험했더라면 그 일기 장에 이승훈의 시 「현관에서」를 덧붙이지 않았을까.

이승훈과는 아직 한번도 만나보지 못해서 그에 대해 아는 것이 아무것도 없지만 이 시로 미루어보아 그는 최소한 22세의 키에르케 고르보다는 세상을 더 살았을 것이라 추측된다. "가을 아침 등을 구

부리고/신을 신"을 만큼은 삶을 더 살고 또한 그 삶을 터득하지 않
았을까 싶다. (고백하건대 40대 후반인 나는 아직도 쓸데없는 오기가 남아
구두칼을 외면하고 자꾸 헐거워지는 구두를 등을 꼿꼿이 편 채로 탁탁 꺾어
신고 현관을 나선다. 아내는 꼭 아이들처럼 그렇게 신는다고 나무라지만.)

　집(家庭)에서 현관은 어디인가? 밖에서 들어올 땐 집의 처음이요,
안에서 나갈 땐 집의 마지막이다. 이처럼 가정은 현관에서 시작되
고 현관에서 끝나는 것이다. 따라서 현관을 지키는 이, 가장(家長)이
위태로워지면 현관이 위태로워지고, 현관이 위태로워지면 가정이
위태로워진다.

　한 시절 그 현관을 가족을 사랑하는 일념으로 수도 없이 드나들
며 지켜낸 가장(家長)인 사내가 "등을 구부리고/신을 신는다". 그것
도 봄이 지나고 여름도 지나고 "가을아침"에 말이다. 왜 신을 신는
가. 삶의 전선으로 나가기 위해서다. 삶의 전선은 냉혹하다. 혹자는
'더불어'라는 미사여구를 내세우는 경우도 가끔 있으나, 거기는 엄
연히 타인을 앞서야만 살아남는 고독이 깔린 곳이다. 그렇게 사내
는 현관을 지켜왔을 것이다.

　가을은 인생으로 말하면 인생의 후반기다. 사내도 이제 등을 구
부려 신을 신는 나이, 가을의 나이가 되었다. 가을의 나이가 되기
전 사내는 아마 꼿꼿이 등을 편 채로 신을 꺾어 신던 사내였을 것이
다. 이쯤 되면 조금 서글퍼지지 않을 수 없다.

　그러나 "갑자기 말문이 막힐" 정도로 서글퍼하지 말자. 사내가

갑자기 말문이 막힌 건 꼭 그것 때문만이 아닐 것이다. 그보다는 옥신각신 티격태격 만감을 교차하게 하는 지난한 삶의 모습 때문이었을 것이다.

사내에겐 이제 그 사내가 지켜주지 않아도 이 세상을 거뜬히 살아낼 수 있을 정도로 성숙한 가족이 있다. 그렇다 하더라도 자신에게 가족을 지켜주어야 할 사랑이 아직도 많이 남아 있다고 생각하는 사내는 그 사랑 앞에 "갑자기 말문이 막힌다". 그리고 언제나 없는 듯 그렇게 한 시절을 지켜낸, 또는 앞으로 지켜내야 할 가족에 대한 사랑! 그 과정에서 생성될 수밖에 없는 만감! "이 고요한 통곡은/어디서 오는가"라고 자문자답한다.

그 순간, 공교롭게도 물리적으로 "번개가 쳤"을 수도 있겠지만(그것도 아침에 내리는 가을비 속에서) 사내는 지난날 살아온 생, 또는 앞으로 살아갈 생은 "번개가 치"듯 위압적으로 빠르게 진행되어 왔고 진행되어 갈 것이라는 생각에 이르렀을 것이다. 물론 살아오는 동안 수많은 우여곡절을 겪었을 것이고 때로는 따분하고 지루하게 느꼈을 때도 있었을 터이지만, 지내놓고 보니 그렇다는 것이고 앞으로의 생 또한 그렇게 진행될 것이라는.

한데, 그 위압적인 번개가 사내를 다시금 현관을 나서게 하는 구실을 준다. 이제까지 가족을 지키기 위해 나섰던 그 현관을 이제는 그보다 앞서 자신을 지키기 위해 나설 수 있는 구실을 준다. 스스로 선택하였으며 따라서 거부하지 못할 "고요한 통곡"과 "번개"를 운

명처럼 짊어지고 가야 할 자신! 그 자아(自我)를 비로소 새로운 차원
에서 접근한다, '네'가 아니고 '우리'가 아닌, "내가 그리운 사람이
다"라고.

진정으로 나를 사랑할 줄 아는 자만이 가족을 사랑할 줄 알고, 이
웃을 사랑할 줄 알고, 사회와 더 나아가 이 세상 모든 것을 사랑할
줄 안다 하지 않는가. 이처럼 진정으로 내가 먼저 나 자신으로부터
또는 그 누군가로부터 그리운 사람이 되어야 할 것이다. 더 나아가
가족으로부터, 이웃으로부터, 민족으로부터 내가 먼저 그리운 사람
이 되어야 할 것이다.

"가을 아침 등을 구부리고/신을 신는", 좀 나이도 들고 좀 위태로
운 가장은 이제 다시 당당하게 현관을 나설 것이다. 등을 구부리지
않고 꼿꼿하게 편 채로 신발을 꺾어 신고 나서는 팔팔한 젊음은 이
미 잃어버렸지만, 그 대신 "내가 그리운 사람이다"라는 새로운 차원
의 자아(自我) 접근 방식으로.

● 『시평』, 2003년 가을호

제2부

예술이 미혹에
빠지게 할 때

노동의 참된 얼과 가치, 노동문학관 건립

지난 2020년 7월 25일, 노동문학관이 우여곡절 끝에 건립되어 건립식을 가진 지 어느새 1년이 되었다. 당시 코로나19의 창궐로 인해 개관식과 함께 진행하기로 한 개관기념 특별전시회 〈별처럼 꽃처럼〉을 차일피일 미루다가 광복절인 8월 15일부터 2개월 동안 진행했으나, 관람은 당국의 방역 지침에 따라 자유롭지 못했다.

〈별처럼 꽃처럼〉은 일제강점기 조선프롤레타리아예술가동맹(카프 KAPF)부터 현재까지 20명의 노동문학, 소설과 시에서 의미 있는 문장과 시어를 발췌해 우리나라 야생화와 매칭시켜 작업한 그림 전시다.

카프 초대 서기장 윤기정을 비롯해 송영, 이기영, 임화 등의 카프 문학 작품과 이후 전태일, 백기완, 신경림, 박노해, 백무산, 김해화, 정세훈, 김신용, 김기홍, 서정홍, 안재성, 이인휘, 유용주, 임성용, 조기조, 맹문재 등의 노동문학 작품 중 일부 문장과 시어를 김

병주, 배인석 화가가 시화 형식으로 표현하여 전시했다.

이후, 11월 12일에는 전태일 열사 50주기를 하루 앞두고 충청남도노동권익센터(센터장 방효훈)와 공동으로 〈전태일 50주기 기림 시 낭독회—기억의 밤, 기억의 문장들〉을 천안볼트문화예술협동조합 카페 어솔트에서 개최, 일하는 모든 사람들의 노동권 실현을 위해 산화한 노동자 전태일의 삶과 죽음을 지역 노동자 도민들과 함께 기억하는 시간을 가졌다.

이날 현장노동자들이 낭독한 기림 시는 계간『푸른사상』봄호에 실린 전태일 50주기 기림 시 중에서 다섯 편을 선정했다. 당시 관련 잡지를 넉넉하게 기증해주신 푸른사상 출판사 한봉숙 대표와 계간『푸른사상』주간 맹문재 시인께 감사드린다.

올해 5월 1일, 세계노동절 131주년을 맞아 "노동문학, 카프를 호명하다"라는 주제로 카프 시 10편을 낭송하는 행사를 가졌다. 이와 함께 낭송한 시편들의 시화를 1개월 동안 기획전시했다. 낭송에 앞서 카프 초대 서기장 효봉 윤기정 선생의 약력 소개 시간을 가졌으며, 참석자 중 10명을 추첨해 윤기정 단편소설 선집 1권과 2권을 증정했다. 이날 행사는 유튜브 노동문학관 TV로 실시간 중계되었다.

건립식 이후 심혈을 기울여 기획하고 준비해온 '제1회 노동예술제'가, 더욱 기승을 부리는 코로나19 상황과 예산 등의 문제로 무산되어 참으로 아쉽다.

노동예술제는 건립 전부터 염두에 두었던 노동문학관의 주된 사업이다. 매년 개관기념일이며 광복절인 8월 15일을 전후해 2박 3일 동안 문학은 물론 그림, 음악, 전통예술 등 다양한 예술 장르가 참여하는 종합예술축제로 기획하고 있다. 향후 노동예술제 개최가 성사되길 간절히 기원한다.

전통적 농경사회였던 한국 사회는 1960년대 말 전국에 공단이 조성되며 산업화가 시작되었다. 이후 산업화의 주역인 노동자들은 한국경제를 현재의 4차 산업으로 이끌어왔다. 그럼에도 불합리한 온갖 차별과 억압으로 고통받았다.

카프 이후 노동문학 진영의 문인들은 노동자들의 노동과 삶이 내포하고 있는 바람직한 가치를 문학적으로 꾸준히 형상화해왔다. 이를 통해 열악한 노동현장의 문제점과 노동자들의 피폐한 삶, 자본주의의 각종 병폐들을 비판 지적, 투쟁했다. 아울러 노동운동과 더 나아가 민주 민중 등 사회운동의 선봉 역할로 한국 사회 발전을 이끌어 왔다. 이렇듯, 노동문학은 앞으로도 지속적으로 한국 사회에 바람직한 영향을 끼칠 것이다.

안타깝게도 일제 강점 시기 카프(KAPF)와 전태일 열사 분신 이후 노동문학 관련 소중한 자료들이 손실되고 있다. 그 자료들이 더 이상 흩어져선 안 되겠다. 늦은 감이 있지만 더 이상 손실되지 않도록 그 자료들을 한곳으로 모아 잘 보관해야겠다. 더 나아가 노동문학을 조명하고, 노동문학이 향후 유구토록 우리 한국 사회의 올바른 길잡이가 되도록 노동문학관을 건립하기에 이르렀다.

오래전부터 노동문학관을 건립해야겠다는 소망을 가졌다. 이는 노동문학을 해온 내가 사명을 갖고 반드시 이루어야 할 사업이라고 생각했다. 삶의 동지(아내)의 전폭적인 지지로 현재 살고 있는 김포의 아파트를 담보로 건립자금을 마련했다.

넉넉하지 않은 자금으로 건립했기에 문학관 공간이 무척 협소하고 부족하다. 그렇지만 향후 형편과 여건이 되는 대로 점차 넓히며 채워나갈 것이다.

노동문학관이 건립된 소재지는 충남 홍성군 광천읍 광금남로63번길 69다. 작은 공간이지만 건립 목적을 충분히 소화할 수 있다. 중앙선이 있는 2차선 도로변이고 버스 정류장도 바로 앞에 있다. 길 건너에 넓은 공장 주차장도 있어 행사 시에 빌려 사용할 수도 있다. 건립지를 확정하기 전 중장기적 계획을 염두에 두었다.

앞으로 뜻을 함께하는 기업과 단체 등과 협의해서 노동문학관 주변 인근에 노동문학 관련 시비동산과 조각공원 등을 조성해 국내는 물론 해외에서 많은 관람객들이 찾아오는 세계적 예술명소로 만들 방침이다. 매년 노동예술제를 비롯해 세미나, 기획전시 등 다양한 행사를 개최해 노동과 노동문학, 노동예술의 성지가 되도록 하겠다. 해외 노동문학가, 노동예술가들과 교류하면서 세계 노동문학예술의 메카로 만들 계획이다. 따라서 이를 감안해 주변에 주택이 없는 곳을 택했다.

2019년 10월 초, 노동문학관 건립을 위한 건립위원회를 조직했다. 문단 원로를 비롯해 선후배들은 물론 예술계와 종교계, 주변 지인들께 연락해 노동과 노동문학의 참된 얼과 가치를 현대는 물론 후대에 전하고 심어주기 위한 건립 취지와 목적을 설명하고 동참을 호소했다.

건립위원회엔 원로 문인 구중서 평론가, 민영 시인, 신경림 시인, 염무웅 평론가, 현기영 소설가 등이 상임고문으로, 맹문재 시인, 박일환 시인, 배인석 화가, 서정홍 시인, 임성용 시인, 조기조 시인, 조성웅 시인 등이 기획위원으로 참여하는 등 1백여 명이 동참했다.

건립위원회를 조직하는 과정에서 일부 이견이 있었다. 건립에 대해 일각에선 지자체 또는 관련 단체 등과 연계해서 규모 등 모든 면에서 제대로 갖추어 건립해야 한다고 말했다. 합당한 주장이다. 그러나 내가 지난 몇 년간 접촉하고 알아본 결과 현 지자체 행정제도와 관련 단체들의 상황하에선 그 결실을 맺는 길이 요원하다고 판단했다. 그리하여 건립자금을 내 사비로 충당하여 추진하게 되었다. 자금이 형편없어 문체부의 관계 법령과 시행규칙이 요구하는 최소한의 공간이라도 마련하고자 했다.

건립자금 못지않게 자료수집에 대한 숙제도 흡족하지 않지만, 해결되고 있다. 문학관 건물 건축이 완료된 현재에도 노동문학 진영 선후배 동료들과 내가 소속되어 있는 한국작가회의, 민족문학연구회 회원들이 귀한 자료들을 보내주고 있다.

노동문학관 건립위원회

- 상임고문 : 구중서(평론), 민 영(시), 백낙청(평론), 신경림(시), 염무웅(평론), 현기영(소설)
- 고 문 : 김준태(시), 김태수(시), 유동우(민중) 이경자(소설), 이동순(시), 이시영(시), 이재인(소설), 임헌영(평론), 정희성(시)
- 자문위원 : 김용락(시), 김창규(시), 김해화(시), 나종영(시), 나해철(시), 박몽구(시), 박재학(시), 오종설(목사), 이승철(시), 이윤하(시), 이은봉(시), 이청산(시), 조영선(변호사), 조정환(평론), 차옥혜(시), 홍일선(시)
- 기획위원 : 맹문재(시), 박일환(시), 배인석(그림), 서정홍(시), 임성용(시), 조기조(시), 조성웅(시)
- 위원

   강남률(시), 강병철(소설), 강세환(시), 강수경(시), 강수완(민중), 고경일(그림), 고명자(시), 고영서(시), 고영직(평론), 고증식(시), 고 철(시), 고희림(시), 공광규(시), 공정배(시), 곽선희(민중), 권순진(시), 권영임(소설), 권위상(시), 권혁소(시), 김경윤(시), 김남일(소설), 김대현(평론), 김동환(시), 김 림(시), 김명남(시), 김명은(시), 김명철(시), 김민주(소설), 김사이(시), 김수상(시), 김수열(시), 김아람(민중), 김용만(시), 김윤환(시), 김응교(시), 김이하(시), 김자현(시), 김정원(시), 김정용(민중), 김진희(시), 김차희(민중), 김창수(평론), 김한수(소설), 김홍춘(시), 김희정(시), 노지영(시, 평론), 문창길(시), 박경분(시), 박관서(시), 박광배(시), 박노해(시), 박두규(시), 박민규(시), 박상률(시), 박성한(시), 박설희(시), 박수연(평론), 박승민(시),

박시우(시), 박영희(시), 박영환(사진), 박완섭(시), 박일만(시), 박종국(산문), 박종현(체육), 박 철(시), 박형준(평론), 방현석(소설), 박형순(시), 변홍철(시), 봉윤숙(시), 서홍관(시), 송경동(시), 시인보호구역(민중), 신미숙(민중), 신상진(소설), 안재성(소설), 안학수(시), 양문규(시), 양성중학교 6회 동창회(민중), 여국현(시), 오철수(시), 옥효정(시) 유길순(민중), 유대형(시), 유시연(소설), 유용주(시), 유 종(시), 유종순(시), 유채림(소설), 윤석정(시), 윤일균(시), 윤중목(시), 이강산(시), 이 권(시), 이문복(시), 이규배(시), 이명희(시), 이민호(시), 이산하(시), 이성혁(시), 이시백(소설), 이원규(시), 이제향(시), 이종복(시), 임미리(시), 임동확(시), 임영석(시), 임재수(민중), 장기욱(시), 전선용(시), 전영일(조각), 전홍준(시), 정기복(시), 정미숙(시, 그림), 정소슬(시), 정연홍(시), 정완희(시), 정용국(시), 정원도(시), 정은주(민중), 정은호(시), 정익훈(민중), 정일훈(민중), 정지수(민중), 정지윤(시), 정철인(민중), 정향희(민중), 조선남(시), 조혁신(소설), 조호진(시), 지창영(시), 칡뫼김구(그림), 최법매(시), 최경주(소설), 최종천(시), 표성배(시인), 한봉숙(출판), 허정분(시), 홍명진(소설), 홍새라(소설), 황은경(시), 휘 수(시)

- 위 원 장 : 정세훈(시)
- 후원 : 도서출판b, 마포민예총, 삶창, 생태건축연구소 노둣돌, 실천문학사, 인천민예총, 창작과비평, 한국민예총

노동문학은 노동자들의 삶과 현실에 초점을 둔 문학이다. 일제강점기 1920~1930년대에 카프로 대두되었다가 남북분단으로 잠

시 끊어졌다. 한국경제가 고도성장 단계로 접어든 1970년대부터 다시 활발해졌다.

전태일 열사 분신 이후 1970년대에는 유신 시절 민주화운동과 민중운동에 투신한 지식인들이 주로 활동했다. 1980년대 박노해, 박영근, 백무산, 김해화, 정세훈, 김신용, 서정홍, 안재성, 김한수 등 노동현장 시인들과 작가들이 뛰어들면서 노동자들의 피폐한 삶, 자본주의의 각종 병폐를 날카롭게 지적하는 한편 바람직한 대안을 제시했다.

구로공단과 가리봉동, 인천 부평공단, 울산공단 등은 1970∼1980년대 산업화 시대의 상징, 노동운동지의 중심으로 통한다.

노동문학관 건축은 하나의 피 말리는 투쟁이었다. 초기 건축자금 마련부터 부지 확정, 설계, 건축, 준공검사에 이르기까지 죽느냐 사느냐 목숨을 거는 투쟁이었다고 말해도 과언이 아니다.

삶의 동지(아내)에게 노동문학관 건립 의사를 밝혔다. 항상 그리 해왔듯이 흔쾌히 동의해주었다. 어린 나이 때부터 공돌이, 공순이라는 멸시를 받아 온 우린, 부부의 연을 맺어 42년을 함께 살아왔다.

흔쾌히 동의를 해주었지만, 단칸 월세방으로 결혼생활을 시작해 두 아이를 분가시키고 현재 이 시점에 오기까지 온갖 고난을 겪은 삶의 동지에게 참으로 미안하다. 노동문학관 건립자금을 마련하기 위해, 둘이 평생 흘린 피땀으로 장만해 살고 있는 아파트를 담보로 대출을 받았다.

건립을 처음 계획했을 땐 아파트를 작은 평수로 줄여 자금을 마련하려 했다. 그러나 담보대출로 그 계획을 바꿨다. 삶의 동지가 정이 든 아파트를 팔고 싶어 하지 않았기 때문이다. 이자 부담이 있지만 삶의 동지의 그 마음을 외면할 수 없었다. 현재 대출금과 관련해서 이자는 70 나이를 바라보는 삶의 동지가 요양보호사 일을 해서 부담하고 있다.

"대출받느라 수고해서 특별히 만든 거야. 이뻐서."

대출받던 날, 삶의 동지가 노동문학관 건립자금을 대출받느라 애썼다며 저녁 찌개를 맛있게 끓여주었다.

동태에다 꽃게 다리, 주꾸미, 무, 두부, 온갖 양념 등 이것저것 넣은 찌개가 입맛 밥맛을 마구 돋구었지만, 그저 마냥 맛있지만은 않았다.

삶의 동지의 의미심장한 일침이 더 그러하게 만들었다.

"마지막 찌개일 수도 있어. 우리 앞으로 더 가난하게 살아야 하니까."

이렇게, 노동문학관 건립을 위한 자금을 마련했다. 건립의 첫 번째 단추를 꿰었다.

이후 6개월여 동안 고향 홍성 일원에서 노동문학관 건립부지를 물색했다. 살고 있는 김포의 아파트를 줄여 건립하기에 최소한의 조건을 갖춘 부지를 찾아다녔다. 홍성에서 부지를 찾은 이유는 땅

값이 타지역에 비해 전국에서의 접근성 대비 저렴하고, 내 고향이라는 점이 작용했다.

부지는 관련 법규와 시행령에 따르면 폭 4미터 이상 도로가 접해 있는 계획관리지역이어야 한다. 문제는 내가 부지 매입비로 쓸 수 있는 돈이 넉넉지 않고 극히 제한적이라는 것이었다. 따라서 건축 건폐율을 감안해 최소의 크기인 200평 이내의 부지를 찾아야 했다.

시골의 특성상 4미터 도로에 계획관리지역 그리고 200평 안쪽의 작은 평수의 부지를 찾기가 하늘의 별 따기만큼이나 힘들었다.

그러한 부지를 찾느라 그동안 번질나게 홍성을 오갔다.

각고 끝에 매입 계약한 부지에 문제가 발생했다.

땅 주인이 노동문학관 부지를 시세보다 저렴하게 주겠다고 연락 주었을 때만 해도 노동문학관 건립이 순조롭게 진행될 것으로 여겼다.

처음 부지를 보러 갔을 때 "도로 위쪽 땅에서 맘에 드는 곳을 지정해 사라"는 땅 주인의 말에 감동하기도 했다.

그런데, 계약하러 내려간 날부터 예상치 않은 일이 생겼다. 계약하러 내려갔더니 매도자가 도로 아래쪽 땅을 포함해서 사라는 것이었다. 처음 듣는 말이고 보지도 못한 땅을 포함해서 사라 하니 당혹스러웠다. 그렇지만 저렴하게 사는 것이라서 수용했다. 지적도로 보아 도로 아래 땅의 폭이 3미터 정도 나오니 그런대로 사용할 수 있겠다고 판단되었기 때문이다. 도로 옆에 붙은 못 쓰는 10여 평도

인수하라 해서 마을 공동으로 사용할 계획으로 수용했다.

그렇게 계약하고 올라오는 맘이 참으로 착잡했다.

문제는 여기서 끝나지 않았다. 분할측량과 경계측량을 하러 내려갔더니 도로 아래쪽 땅 폭이 1미터 정도밖에 안 되었다. 실측을 한 결과 이웃집 우사가 불법으로 침범해 건축되어 있는 것이었다. 우사가 해당 땅을 1.7미터 침범해 있었다. 더구나 그 우사는 관할 관청의 허가도 받지 않은 무허가 건축물이었다.

내가 도로 위쪽 땅에 노동문학관 건립 행위를 하려면 우선 불법 우사의 양성 절차를 거쳐야 한다. 세월은 속절없이 하루하루 흘러 갔다.

싼 게 비지떡이라더니, 참으로 무어라 표현 못 할 정도였다. 이 과정에서 맘이 많이 아프고 실망하고 난감하고 황당하고 씁쓸하고 이런저런 만감이 교차했지만, 나 자신에게 용기를 주기 위해 "괜찮다" "그래도 괜찮다"라며 스스로 최면을 거는 위로를 했다.

매사가 억지로 되지 않는다는 것을 또 한 번 체험했다.

기존에 계약했던 홍성군 장곡면 신동리 땅을 포기하고, 홍성읍 내 소재 공인중개사를 통해 노동문학관 부지 매입계약을 새로 했다. 현재 노동문학관이 들어선 곳이 새로 계약한 부지다.

신동리 땅 매도자에게 매입 포기 의사를 밝혔다. 아울러 계약서에 따라 피와 같은 계약금 2백 5십만 원을 포기했다. 마음이 아프고 쓰렸다.

며칠 후, 새로 계약한 노동문학관 부지 매입 잔금을 치르고 소유권 이전 등기를 완료했다. 이에 따라 그 부지에 건축행위를 할 수 있게 되었다. 건립의 두 번째 단추를 꿰었다.

이어 노동문학관 설립계획 승인 신청용 설계도가 완성됨에 따라 충청남도에 설립계획 승인 신청을 해서 승인을 받고, 홍성군으로부터 건축 허가를 받아 건축에 들어갔다.

관련 관청으로부터 승인을 받으려면 여섯 가지의 서류를 구비해야 하는데 그중 문학관자료명세서 작성이 가장 공과 시간이 들어가는 작업이다.

전시할 자료 중, 최소 100개 이상 도서의 문학관 자료 명세서를 접수시켜야 한다.

문학관 자료 명세서엔 도서 한 권당 간단한 자료 설명과 함께 표지 등 4개의 사진을 첨부해야 한다.

노동문학관 건물 건축에 앞서 건설사 몇 곳으로부터 견적을 받아 검토했다. 건축비가 예상보다 2배 정도 많이 나왔다.

고민 끝에 토목공사, 건물 건축, 배관 등 분야별 견적을 받아 보았다. 한 건설사에 모든 공사를 맡기는 것보다 분야별로 따로 맡기는 식의 견적을 받아보니 예상보다 1.5배로 나왔다.

건축비가 예상했던 것보다 훨씬 초과되어 이를 충당하기 위해 페북 등을 통해 펀딩을 했다.

2020년 5월 6일, 드디어 착공식을 했다.

배인석 화가의 사회로 진행된 착공식에는 강원민예총 김흥우 이사장, 정의당 이선영 충남도의원, 더불어민주당 최선경 전 홍성군의원, 이부균 홍성군 행정복지국장, 신주철 광천읍장, 가수 이지훈 씨 등이 참석, 착공을 축하했다. 김석환 홍성군수께서 전화로 축하했다.

착공 소식을, 부지 매입 소식과 관련 지자체의 건립 승인 소식에 이어 『뉴시스』, 『국민일보』, 『세계일보』, 『경인일보』 등 다수의 중앙과 지역 언론에서 비중 있게 다뤄주었다. 언론은 이후 개관식 예정 기사와 개관식 소식도 게재해주었다.

건축은 속전속결로 진행했다. 1개월 만에 골조와 외벽, 지붕 공사를 마쳤다. 내부 시설과 인테리어 등 내부 공사에 들어가자 매일 비가 내렸다.

폭우를 동반한 유례 없는 긴 장마가 시작되어 연일 비는 내리는데 토목공사 업체가 계약을 위반하고 배수로 공사 등 마무리 작업을 해주지 않았다. 토사 방지를 위해 부직포로 공사 현장을 덮었다. 남은 공사를 논의하기 위해 며칠째 전화를 해도 받지 않았다. 문자 메시지를 보내도 답변이 없었다. 계약서상 남은 공사비가 받을 수 있는 잔금보다 훨씬 많이 들어간다는 것을 계산하고 일부러 회피하는 것이었다.

신동리 땅 매도인과 토목공사 업체 대표를 포함, 노동문학관 건축과 관련해서 네 사람의 악연을 만났다. 이 악연들을 인내하자니 참으로 스트레스 받고 울화통이 터졌다.

계약한 토목공사 업체가 잠수하는 바람에 어쩔 수 없이 남은 공사를 다른 업자에게 맡겨 진행해야 했다. 남은 토목공사는 정화조 공사와 배수로 공사, 마당 콘크리트 공사, 잔디 공사 등이다.

이 무렵 홍성군 관계자가 현장을 방문, 건물 뒤 보강토 공사를 주문했다. 안 해도 되는 것처럼 아무런 이의를 달지 않다가 느닷없이 이런 태도를 보이다니 어이없고 속상했다. 건물이 들어선 좁은 공간에서 보강토 공사를 진행해야 했기에 공사비는 물론 공사 기간도 두 배 이상 투입되어야 했다.

문제는 공사비가 모두 고갈되어 더 이상 공사를 진행할 수 없게 된 것이었다. 어쩔 수 없이 중지했다가 차후 공사비가 마련되면 다시 진행해야겠다고 마음먹던 참이었는데, 고향 충남 홍성군 장곡면 월계리 마을 후배 시인 유덕선 아우가 전화로 공사 상황을 물어왔다.

상황을 설명하니, 남은 공사는 자신이 책임지고 모두 마무리할 테니 걱정 말라 했다.

유덕선 아우가 보낸 건축업자 이길구 사장이 미진한 마무리 공사를 시작했다. 이길구 사장에게 며칠 전 새벽 폭우가 쏟아질 때 숙소 화장실 양변기에서 화산이 폭발하듯 물이 보글보글 용솟음치는 현상이 있었다고 알려 주었다.

이에 이길구 사장은 정화조 배수로 공사가 날림공사로 잘못되었다며 이를 바로잡는 공사를 먼저 시작했다.

연일 퍼붓는 폭우 속에서 공사를 강행해 준 이길구 사장 덕분에 가까스로 공약 공언한 일자에 개관식을 할 수 있었다. 2020년 7월 25일 오후 3시에 노동문학관 개관식을 가졌다.

코로나19를 조심해야 하는 상황이라 축사 등 몇몇 순서자만 개별 초청했으며 언론과 페북 등 SNS에 소식을 알려 진행했다. 그럼에도 70여 명이 참석해서 함께 해주었다.

노동문학관 마당과 현관 앞에서 공연한 풍물패 더늠의 길놀이를 시작으로 테이프 커팅을 하고 맞은편 공장 마당으로 이동해 개관식을 진행했다. 김지철 충청남도 교육감, 김명선 충청남도의회 의장, 신주철 광천읍장, 윤용관 홍성군의회 의장, 조규범 충남문학관협회 회장, 이청산 한국민예총 이사장, 시인 이은봉 대전문학관 관장 등이 축사로 축하해주었다.

방역 당국의 코로나 예방지침에 따라 거리 두기와 발열 체크 노트 기재, 손 소독 그리고 전시장 사전 소독을 하고 진행했다.

부지 478㎡(147평) 건평 178㎡(54평) 규모로 건립된 노동문학관은 전시실 102.85㎡, 수장고 6.76㎡, 사무실 5.20㎡, 연구실 6.76㎡, 교육실 18.40㎡, 현관 1.93㎡, 화장실 4.02㎡ 기타 관리공간(숙소 16.77㎡, 서재 15.28㎡) 등을 갖추고 있다. 이 외에 실외 주차장과 도난 방지시설, 완벽한 소방시설, 온도와 습도 조절장치 등을 갖추고 있다.

노동문학관엔 윤기정, 임화, 한설야, 이기영, 권환, 김남천, 송영 등 일제강점기 카프문학의 대표주자를 비롯해 산업화 이후 현재까지 출간된 노동문학 관련 개인 작품집과 잡지 등이 전시되어 있다.

관련 당국에 건립 승인 신청 시 제출한 105점의 승인 자료를 포함한 노동문학 관련 저서 등 300여 점의 전시자료를 비롯해 1,000여 점의 자료를 소장하고 있다.

보다 많은 대중과의 소통과 노동문학관의 홍보 등을 위해 홈페이지와 유튜브 채널을 개설했다. 홈페이지 주소는 'ndmhg.co.kr'이며, 유튜브 채널명은 〈노동문학관 TV〉다. 포털사이트에서 '노동문학관'을 검색하면 홈페이지는 물론 위치 길 안내까지 받을 수 있다.

4명의 악연!

코로나19!

기록적인 장마!

살인적인 폭우!

3개월 동안 전방위 악조건에서도 노동문학관 건물을 건축했다.

그런데, 개관식 이후 연일 내린 광란의 폭우에 토사로 수로가 막히고 일부 무너지기도 했다.

무너진 곳!

뚫린 곳!

싱크홀처럼 푹 꺼진 곳!

흙이 빠져나가 동굴처럼 된 곳!

토사가 쌓인 곳!

신축 현장이라 폭우 피해가 더욱 심했다.

1차 부직포

2차 차양막

3차 비닐

덮고, 또 덮고, 또 덮고, 3중으로 덮었다.

폭우 속에서 쉴 사이 없이 낮이든 밤이든 새벽이든 노동문학관 신축 현장 곳곳을 폭우에 더 이상 상처받아 무너지지 말라고 쓰다듬고 매만지고 다져주었다.

5천 4백만 원! 이 금액은 시인 유덕선 고향 아우가 노동문학관 건물 건축자금으로 부담해 준 돈이다. 덕선 아우가 없었으면 아마 현재 노동문학관 건축이 멈추어 있었을 것이다. 덕선 아우의 뜻이 깊어, 나 혼자 생각한 것을 밝힌다. 앞으로 10년 동안 열과 성을 다해 노동문학관을 발전시키고 그 이후 운영에서 물러날 계획이다. 이후로는 덕선 아우가 노동문학관을 맡아 운영해주길 부탁하고자 한다. 덕선 아우는 그만한 자격이 충분하다고 여겨진다. 그는 현재 특수유리 제조업체인 '주식회사 제3글라스' 대표로 일하고 있다. 덕선 아우의 현재 연령으로 미루어 보아 10년 후엔 제3글라스 경영에서 물러날 것으로 생각해 본다. 그리고 노동문학관의 발전을 위해 크게 기여할 것이라 판단된다. 덕선 아우의 남다른 정성에, 지난 7월 25일 개관식 때 공로패를 전달했다.

강병철 소설가! 문학관 건물을 건축하려면 관할 시 또는 도로부터 사전승인을 받아야 한다. 승인을 받지 못하면 건물을 짓지 못한다. 이 사전승인 신청서류에 반드시 문학관 전문 인력 명부를 함께 제출해야 한다. 전문 인력은 관련 학과 석사학위증 소지자 또는 학예사 자격증 소지자여야 하고, 그 증명서와 함께 당사자의 주민등록표를 첨부해 제출해야 한다. 주민등록표는 당사자가 문학관과 가까운 곳에서 살고 있는지 확인하기 위해서다. 노동문학관은 충남 홍성에 건축하는데 소지자가 서울에 살고 있다면 무효다. 이러한 조건을 갖춘 전문 인력을 찾느라 무척 애를 먹었다. 노동문학관과 가까운 곳에 적을 둔 서산시 강병철 소설가가 선뜻 응해주어 시름을 놓을 수 있었다. 하늘의 별을 딴 듯 감사하다.

정소슬 시인! "언제부턴가 적자생존의 정글에 끌려와 약육강식의 창살 속에 갇혀 있다. 그 속에서 걸레가 돼 있는 내 모습을 들여다봤다"며 비정규직 노동자 등 우리 사회의 아픈 곳을 다룬 시집 『걸레』를 펴낸 울산의 노동자 시인이다. 정소슬 시인은, 완공까지 감당해야 할 고비가 수두룩하여 막막했던 내게 큰 힘을 안겨 주었다. 가난이 밴 자신의 피땀과 바꾼 거금 1백만 원을 건립자금에 보태라고 선뜻 보내주었다. 감사하지 않을 수 없다. 정소슬 시인이 이와 관련해 페이스북에 올린 글을 아래에 소개한다.

같은 지향의 단체 안에 있어 행사 때마다 종종 마주쳤지만 따뜻하게 손 한번 잡아본 기억이 없는 형님께 이런 글을 쓰게 될 줄은 몰랐습니다.

형님께서 노동문학관 설립 의사를 밝혔을 적에도 당연히 정부나 지자체 등의 지원을 받아 짓는 것으로 생각했었습니다.

그런데 형님 사비를 털어 짓는다는 말씀에 저 심히 놀랐습니다.

재벌이나 연봉 수억 수십억을 받던 고위관료 출신도 아니고, 평생 노동자로 근근이 살아오신 형님께서 겨우 장만하여 자식들 키워 낸 둥지를 팔아(평수를 줄여서라 말씀하시지만) 엄연한 공공 목적의 문학관을 지으시겠다니 심한 말로 단단히 미치신 거죠?

땅을 보고 왔느니, 건축사를 만나고 왔느니, 올리는 글들 쪽쪽 그 글뿐이니 미쳐도 단단히 미치지 않고서야 그럴 수가 없는 거지요. 판타지나 추리극을 쓰는 극작가나 소설가라면 극화한 글이겠구나 여길 테지만 제 피를 짜서 밀랍(蜜蠟)의 성(城)을 쌓는다는 시인이시니 그럴 리는 만무하고……

아, 그래서 후회가 닥쳐왔습니다.

먼발치에서 바라보고만 있었던 제가 부끄러워졌습니다.

저도 어느 시골의 가난한 소작 농가 아들로 태어났으니까요.

틈나실 때마다 보따리에 이발 기구 싸 들고 이 동네 저 동네 전전하시던 아버지를 지켜보며 자란 저였으니까요.

겨우 공고를 나와 선반이라는 쇠 깎는 일로 시작한 첫 사회생활이었으니까요.

아파트 하나 겨우 마련하여 그 행복에 빠질 새도 없이 덜컥 탈이 난 몸, 다 팔아 낙향하여 절망의 강을 건널 때 구명보트처럼 다가온

문학과 이젠 영영 갈라설 수가 없을 것 같으니까요.

죽고 나서도 내 길은 이 길이겠구나 여기기 시작했으니까요.

보다 큰일에 눈뜨신 형님의 "우리 앞으로 더 가난하게 살아야 하니까"라 하신 눈물겨운 말씀에 "저, 몇 달만이라도 더 가난하게 살아보도록 하겠습니다!"

존경합니다, 정세훈 시백님!

전선용 시인! 노동문학관 건립 펀딩을 해서 건립기금을 모아준 공헌이 크다. 문인화에 뛰어난 재능을 지닌 시인은 자신의 문인화와 저서 등을 펀딩 리워드로 삼아 유용한 건립기금을 모아 주었다. 참으로 감사하다.

또한 어린왕자문학관 관장 박재학 시인께 감사드린다. 박재학 시인은 노동문학관 건립의 행정절차에 대한 조언에 지대한 공헌을 했다. 자신의 경험을 토대로 문학관 승인 신청에 필요한 구비서류는 물론 절차까지 세밀하게 챙겨주었으며, 심지어 문학관 진열장 등 전시장에 대한 조언은 물론 문학관 등록에 대한 조언까지 해주었다. 자상하고 세밀한 그 조언이 참으로 감사해서 개관식에서 축사를 부탁했는데, 자신 말고 할 분들이 너무 많다며 사양하는 겸손한 미덕을 보여주었다. 앞으로 참으로 좋은 동역자가 될 분이다. 나에게 어린왕자의 마음을 향기롭게 심어준 박재학 시인께 고맙고 감사한 마음을 전한다.

시인 윤화진 박사님의 열렬한 격려와 응원은 노동문학관 건립에 큰 힘과 용기가 되었다. 윤화진 박사님은 카프 초대 서기장 효봉 윤기정 선생의 차남이다. 현재 미국에서 살고 계시지만 바로 내 옆에 계신 것처럼 노동문학관 건립을 챙기셨다. 윤 박사님은 부친인 윤기정 선생을 기리기 위해 미국에 설립한 재단법인 '효봉재단'을 통해 내년부터 '효봉윤기정노동문학상'을 제정, 매년 노동문학에 기여한 국내 문인을 선정해 시상할 계획이라고 밝혔다. 노동과 노동문학을 각별히 사랑하고 노동문학관 건립에 5백만 원의 큰 후원금을 보내주신 윤화진 박사님께 거듭 감사드린다.

특히 소강석 목사님의 기도와 5백만 원의 사랑이 충만한 후원을 마음에 새긴다. 용인 새에덴교회 담임 소강석 목사님은 시인으로도 활동하며 사회에 그리스도의 향기를 전하고 있다. 낮고 어둡고 소외된 곳에 임하신 예수님의 말씀을 실천하는 목회자이다.

문학을 사랑하는 사업가 김판수 선생님과 시인 이동순 형님의 각별한 격려와 응원, 후원을 기록하지 않을 수 없다.

노동문학관 건립 펀딩에 4백 명에 가까운 아래의 '건립후원위원'께서 함께해주었다. 모두 일등의 공헌을 해준 분들이다. 눈물겹도록 잊지 못할 분들이다. 뜻이 깊은 그 귀한 존함들을 노동문학관 현관 현판에 새겨 영구 보존하여 두고두고 감사함을 잊지 않고자 한다. 아래는 현판에 새긴 글이다.

노동문학관은 정세훈 시인이 세상과 후대에게 노동과 노동문학의 가치와 얼을 널리 알리기 위해 건립위원회를 조직해 사비로 건립했다. 뜻을 같이한 정세훈의 고향 홍성군 장곡면 월계리의 유덕선 시인이 상당한 건립비를 도왔다. 조선프롤레타리아예술가동맹(카프)의 초대 서기장으로 활동한 윤기정 소설가 및 비평가의 차남인 윤화진 시인을 비롯해 아래의 단체와 개인이 후원한 자료와 후원금이 문학관의 곳곳을 소중하게 채우고 있다.

건립후원위원

강경식 강병철 강수경 강세환 강수완 강신천 강연희 강수정
강준희 강현분 고경일 고경하 고동희 고산돌 고영서 고영직
고은진주 고증식 고 철 공광규 공영현 곽선희 곽현숙 구재기
권미강 권순자 권양우 권연순 권연임 권위상 권태원 권혁소
김경남 김경희 김광명 김광렬 김광출 김금수 김난희 김남일
김대현 김동숙 김동환 김득중 김 만 김말숙 김명은 김명철
김무경 김문영 김미옥 김민주 김 림 김사이 김삼순 김상례
김서영 김석현 김성대 김수인 김수정 김신용 김아람 김애란
김영규 김영언 김영택 김 완 김용락 김윤환 김윤현 김은령
김이하 김인호 김자현 김재용 김정업 김정원 김정용 김종숙
김종인 김지슬 김진희 김차희 김창길 김채운 김태수 김태정
김판수 김학영 김 현 김형진 김형효 김화순 김홍중 김홍춘
김흥우 김희정 나눔문화연구소 나종영 나해철 노민영 노양민
노종선 노지영 노진화 류봉진 류춘신 맹문재 맹충균 문계봉

문기훈 문원숙 문진오 문창길 문해청 박경수 박관서 박노해
박덕선 박두규 박명규 박미현 박상률 박상옥 박설희 박성애
박성한 박성훈 박수연 박연숙 박영근기념사업회 박영하 박영환
박옥남 박용호 박우상 박원희 박윤규 박이정 박인규 박인환
박일만 박일환 박재학 박종관 박종국 박종현 박진우 박태완
박현숙 박형준 박호한별 박홍순 박 훈 배윤기 배정우 백낙청
배재운 변재영 복효근 봉윤숙 사윤수 서정홍 서주선 서홍관
성창훈 성효숙 소강석 손병희 손수희 손현숙 송경상 송승아
송승훈 시이석 시인보호구역 신경식 신미숙 신유정 신현수
실천문학사 안영옥 안재성 안종수 안학수 안희옥 양문규
양성중학교6회동창회 양윤덕 양은숙 양정아 양회동 어게인
여국현 연창호 오미옥 오현수 옥효정 유길순 유덕선 유동우
유미경 유시연 유용주 유 종 윤석정 윤석홍 윤일균 윤임수
윤중목 윤진현 윤화진 이강산 이강학 이강훈 이 권 이경자
이규석 이금용 이덕규 이동백 이동순 이명엽 이문복 이민우
이민형 이병국 이병길 이봉우 이상국 이상동 이상실 이상은
이상호 이상희 이선숙 이서윤 이성혁 이수호 이 순 이 숨
이승철 이시영 이애경 이영미 이옥동 이은규 이은봉 이은주
이정록 이정진 이정훈 이제향 이종구 이주송 이지훈 이찬영
이철경 이철산 이철의 이청산 이택주 이혁준 이현식 이화영
이효정 인천민주노총 인현환 임경묵 임미리 임시현 임영석
임재수 임새정 임정진 임정태 임진성 임창웅 임헌영 장봉숙
장석우 장성희 장우원 장유정 장정순 장지태 전미숙 전선용
전영관 전홍준 정기복 정대호 정도상 정동근 정분영 정상진

정세일 정소슬 정수미 정 슬 정연수 정연홍 정일훈 정원도
정은주 정은호 정일관 정종배 정지수 정지윤 정지창 정철인
정택근 정현기 정혜옥 제갈양 제정화 조기조 조동흠 조두만
조선남 조영옥 조용모 조용철 조재형 조혁신 조현제 (주)창비
주희은 지창영 차옥혜 차윤희 채상근 최경주 최광식 최미숙
최법매 최상해 최상현 최수천 최영숙 최영식 최종천 최충식
췱뫼김구 푸른사상사 표성배 표정식 피재현 하명희 하인호
한만수 한봉숙 한석희 한성희 한승환 허 림 허영옥 허정분
허필두 홍기정 홍대춘 홍명진 홍순창 홍정익 홍학기 황 룡
황석범 황은경 황창수 휘 수

노동문학관은 충청남도에 사립 문학관과 비영리임의단체로 등록되어 있다. 아울러 기부금을 공개 모집할 수 있는 전문예술단체로 지정되었다. 이에 따라 개인 또는 단체, 기업으로부터 기부금을 받을 수 있다.

현재 40여 명이 월 1만 원에서 2만 원을 기부해주고 있다. 대부분 생활이 넉넉하지 못한 분들이다. 페북 포스팅을 통해 알게 되었는데, 자신과 부인의 투병 생활로 가산이 기울고 생이 무척 어려운 상황에서 기부를 해주시는 분이 있다. 참으로 미안하다.

노동문학관에 기부하는 개인이나 법인은 세금공제 혜택을 받는다. 기부금 세액공제 대상에는 기본공제를 적용받는 부양가족의 기부금을 포함한다. 이때 부양가족의 경우 소득에는 제한(월 급여액

500만 원 이하)을 받지만 나이 제한은 받지 않는다. 기부를 장려하고 공익 목적이 큰 만큼 당국에서 공제를 통해 장려하고 있다. 기부에 참여해서 노동과 노동문학의 참된 얼과 가치를 현대는 물론 후대에게 전하고 심어주고자 건립된 비영리 전문예술단체 노동문학관에 힘을 실어주시길 부탁드린다.

기부하고자 하는 분은 포털사이트 검색창에서 '노동문학관'을 검색, 홈페이지에 올린 기부 관련 팝업창 안내를 참조하면 된다.

● 『삶이 보이는 창』, 2021년 가을호

노동과 민주의 문화도시, 인천

1. 산업화를 주도한 산업도시의 문화가치

인천은 산업화를 주도한 산업도시다. 또한 노동운동과 민주화운 동을 주도한 도시이기도 하다. 여기에서 문화가치와 비전을 찾는 것은 매우 중요한 것이다.

우리나라의 산업구조는 1960년대부터 1980년대까지 경공업에 서 중화학공업으로 전통적인 공업화의 발전 단계를 이룩했다. 1990 년대 이후에는 첨단정보산업과 지식산업 그리고 서비스산업 중심 으로 재편되는 후기산업화와 서비스산업화의 단계로 전환되는 선 진국형의 산업구조로 변모해오고 있다.

이를 주도한 것은 서울특별시 구로구 일대와 인천광역시 부평 구, 남구, 남동구 일대에 조성된 국가산업단지다.

60년대 초, 1차 · 2차 · 3차 국가수출산업단지가 서울특별시 구 로구 구로동 일대에 구로공업단지(구로공단)로 조성되었다. 현재는 서울디지털산업단지, 구로디지털단지, 가산디지털단지 등으로 부르기도 한다.

1966년 한국수출산업 4차 국가산업단지인 부평단지(부평공단)가 인천시 부평구에, 5차·6차 국가산업단지인 주안단지(주안공단)가 인천시 남구에 조성되었다.

1985년 한국수출산업국가산업단지의 제7단지 성격을 갖고 있는 남동국가산업단지(남동공단)가 인천시 남동구 논현동, 남촌동, 고잔동 일대에 조성되었다.

수도권 정비 및 공업 재배치를 목적으로 조성된 남동국가산업단지는 수도권 내에 입지한 용도지역 위반 공장들을 논현동, 남촌동, 고잔동 일대의 폐염전과 반도형 구릉지로 이전하여 조성된 국가산업단지다. 7차에 걸쳐 조성된 국가수출산업단지가 4차례 인천에 조성된 것은 우리가 주목해야 할 부분이다.

부평산업단지 부평구

부평구는 인천광역시의 중동부에 있는 자치구다. 인구 554,831명(2016년 7월 주민등록인구 통계)을 기록하고 있어 인천광역시 자치구 중에 가장 인구가 많으며, 전국 자치구 인구 순위 6위이다. 북으로는 인천광역시 계양구, 동으로는 경기도 부천시, 남으로는 인천광역시 남동구, 서로는 인천광역시 서구에 접한다. 청천2동 일대에 한국GM 부평공장 및 본사, 동서식품, 인켈 부평공장·연구소 및 본사, 삼익악기 등의 공장들이 있는 부평산단이 조성되어 있어서 대표적인 공장지대로 인식되어 있다. 부평산단은 현재 구조고도화 사업으로 제2의 도약을 노리고 있다. 분야는 인쇄회로기판. 기타 업종은 감소하였고 전기 제조업 업종은 증가했다. 다만 걸림돌인 것은 외환위기 이후 입주 업체들의 영세화, 소규모화이다. 다만 최근 구조고도화 사업도 탄력을 받고 있다.

주안산단과 함께 혁신산단으로 선정되어 다양한 사업들이 시행될 예정이며 갈산역 인근은 아파트형 공장이 들어섰고 추가로 들어서는 등 꾸준히 발전하고 있다.

주안산업단지 남구

남구는 인천광역시의 중부에 위치한 자치구다. 조선 시대에는 인천도호부청사 소재지로 옛 인천도호부의 중심지였지만, 개항 이후 제물포(지금의 제물포역 일대가 아닌, 중구·동구에 해당되는 개항장 일대)로 중심이 옮겨졌다. 이러한 역사적 연원 때문에 남구를 '미추홀구'로 개명하자는 의견도 있다. 동쪽으로는 남동구, 남쪽으로는 연수구, 서쪽으로는 중구와 황해, 북서쪽으로는 동구, 북쪽으로는 서구, 북동쪽으로는 부평구와 접하고 있어 계양구를 제외한 인천광역시의 모든 자치구와 접하고 있다. 비류가 미추홀에 자리를 잡을 때 남구에 속한 문학동이 미추홀의 중심지였다. 또한 인천도호부청사도 위치해 있어서 개항 이전까지 인천의 중심지이기도 했다.

남동산단 남동구

남동구에 있는 남동공단은 산업화가 한창 진행 중인 1980년대에 조성되었다. 수인선 협궤철도의 내륙 쪽인 1단계 공사는 1985년 4월부터 1989년 12월까지 2,642천㎡가 조성되었으며, 해변 쪽의 2단계 공사는 1986년 10월부터 1992년 6월까지 6,931천㎡가 조성되었다. 이후 1997년 말까지 공장 용지 5,925천㎡와 공공시설 용지 3,649천㎡를 포함하여 총 9,754천㎡의 용지가 조성되어 현재 활발하게 가동되고 있다.

2. 노동운동과 민주화운동의 산실, 비전

일제강점기의 노동항일운동

산업화를 주도한 산업도시 인천은 이에 걸맞게 노동운동의 메카로 불릴 만한 도시다. 한국 최초의 노동운동이 인천에서 시작되었다. 인천의 노동운동은 일제강점기 부두노동자들을 중심으로 전개되었다. 그 중심에 권평근(1900~1945)이 있다. 일제강점기 노동운동은 항일운동의 중심이었다.

이와 관련, 이희환 박사는 『인천史 산책』에 다음과 같이 기술했다.

인하대학교 경제학부 윤진호 교수는 계간『황해문화』2014년 여름호(통권 83호)에서「개항기 인천항 부두노동자들의 생존권 투쟁」이라는 논문을 통해 한국 최초의 노동조합이 인천항에서 설립됐고 이 조합에 의해 1892년 이전에 이미 노동쟁의가 있었다는 사실을 밝혔다.

이제까지 학계와 노동계에 알려진 한국 최초의 노동조합은 1898년 함경남도 성진에서 부두노동자 47명에 의해 창립된 성진부두노동조합이었다.

또 한국 최초의 근대적 노사분쟁도 같은 해 목포에서 발생한 부두노동자들의 쟁의로 기록돼 왔다.

그가 제시한 자료는 인천에서 일본인들에 의해 발간된 조선신보(朝鮮新報) 1892년 5월 13일자에 보도된 인천부두 두량군(斗量軍) 노동자들에 대한 기사다.

"두량군이란 특별한 세금을 납부하고 인천항에서 일본과 조선 양국 간 미곡 수도(受渡) 때에 두량(斗量, 미곡 양을 정확히 계량하는 일)을 하는 특허를 받은 일종의 노동자 조합이다. 이들은 일본인의 어떠한 제지도 받지 않으려 하며, 혹은 두량의 때에 공공연히 적대시하거나, 혹은 부정한 양을 재거나, 혹은 수뢰를 하면 곡물 중에 불량품을 혼입시키는 등 그 폐해가 끊이지 않고 있다. 만약 이들을 기피하면 이들은 일본 상인뿐만 아니라 조선 상인을 대상으로 해서도 때때로 파업(스트라이크)을 일으키는데, 그중에는 조합이 선동하는 것도 많다. 이들은 대략 250여 명의 인부로 구성돼 있으며 역원을 두어 이를 통솔하고 있다."(조선신보 1892.5.12. -『황해문화』83호, 2014년 여름호, 205쪽에서 재인용)

윤 교수는 위의 두량군 노동조합에 대한 기사를 근거로 1898년 목포쟁의보다 6년 이상 빠른 시기에 이미 인천항 부두노동자의 한 부류인 두량군의 노동조합이 존재하고 있었고, 이들이 이미 여러 차례 파업을 벌였다는 사실을 한국노동운동사 첫머리에 기록해야 한다고 주장한다.

70년대 이후 노동민중민주화운동

70년대 이후 다시 전개된 인천의 노동운동 역시 민중 민주화운동의 핵심역할을 하고 있다. 6·25 동족상잔의 비극과 독재정권의 폭압을 겪으면서 단절되었던 노동운동은 70년대에 인천에서 다시 활발하게 시작되었다.

그중 85년 대우자동차 파업은 60~70년대 노동운동과 80년대 노동운동의 차이점을 선명하게 보여주고, 80년대 이후 노동운동의 전형을 제시한 선봉 투쟁이었다. 70년대까지 산업은 주로 섬유, 봉제, 전자 등 경공업 중심으로서 노동운동도 이곳에 종사하는 여성노동자들 중심이었다.

80년대에 산업의 중심은 중화학 기계공업으로 옮겨갔고 노동운동도 여성에서 남성으로, 경공업에서 기간산업으로 변하고 있었다. 이런 변화의 한복판에 서 있던 대우자동차 파업은 억센 젊은 남성 노동자 부대의 위력을 유감없이 보여주었으며, 87년 노동자대투쟁으로 나아가는 굳건한 징검다리 역할을 했다.

인천의 5 · 3민주화운동

1986년 5월 3일 인천 남구 주안사거리 일대에서 80년 5월 광주 이후 최대 규모의 시위가 발생하였다. 인천의 노동자들이 건설한 인천지역노동자연맹(인노련)과 인천지역 학생운동 출신자들 중심으로 건설한 인천지역사회운동연합(인사연)이 민주주의와 노동자들의 권익 향상을 위한 투쟁에 나섰다.

전두환 군사정권은 대대적인 검거선풍으로 구속, 수배, 고문 등 민주화운동 단체를 송두리째 뿌리 뽑으려 했다. 군부독재정권의 무리한 탄압은 부천서 성고문사건과 박종철 고문치사사건으로 이어져 87년 6월 항쟁의 불길로 타오르게 되었다. 군사 쿠데타로 시민을 학살하고 정권을 찬탈한 일당으로부터 빼앗긴 주권을 되찾고자 한 민주세력의 투쟁은, 전두환 군사정권의 모진 탄압에도 굴복하지 않고 마침내 87년 6월 29일 노태우의 "국민의 대통령직선제 요구를 받아들이겠다."는 공식 선언을 하게 하였다.

1980년 5월 광주에서의 끔찍한 비극이 발생한 지 7년 만에 나라의 주권이 국민에게 반환된 것이다. 인천 5 · 3민주항쟁은 이런 6월 항쟁의 도화선과 시발점이 되었다.

노동과 노동운동, 민중과 민주화운동, 그리고 예술

인천의 노동운동과 민주화운동을 소재로 한 소설과 시 등 문학 작품과 그림 등 다양한 예술 장르의 작품도 풍성하게 발표되었다.

이러한 예술 활동은 노동과 노동운동, 민중, 민주화운동과 밀접한 유기적 관계를 유지하며 서로에게 깊은 영향을 끼쳤다.

그중에서 문학작품만 대략 살펴보면 작가 유동우가 70년대 노동자와 빈민의 삶과 투쟁을 그린 소설『어느 돌멩이의 외침』은 1973년에 작가가 직접 겪은 인천 '삼원섬유'의 노동운동을 기록한 작품이다. 조세희의『난장이가 쏘아올린 작은 공』은 인천 만석동 이야기를 일부 담고 있다. 석정남의『공장의 불빛』은 '똥물 테러'로 유명한 1978년 인천 만석동 동일방직 투쟁을 기록한 수기다.

1986년 인천 부평공단을 배경으로 한 차주옥의『함께 가자 우리』, 1987년 인천 주안의 주물공장 파업 투쟁을 그린 정화진의『쇳물처럼』, 1989년 인천 주안공단 '세창물산' 위장폐업 저지투쟁을 그린 방현석의『새벽출정』등 유명한 작품들이 모두 인천의 노동운동을 그리고 있다. 이처럼 70년대부터 노동운동을 그려낸 작품들이 대부분 인천을 배경으로 탄생했다.

6·25 동족상잔의 비극과 독재정권의 폭압 이후 최초로 노동시의 세계를 다시 열어놓은 노동시인으로 평가받고 있으며, 시「취업공고판 앞에서」와「솔아 솔아 푸른 솔아-백제6」의 시인 박영근은 80년대부터 부평구 산곡동과 부평동에 살면서 활발한 작품 활동을 해왔다.

1970년대 후반 부평구 작전동에 있던 소규모 영세공장 노동자로 인천과 연을 맺은 시인 정세훈은 작전동, 청천동, 부평동에 거주하면서 1989년에 발표한 첫 시집『손 하나로 아름다운 당신』부터 2012년 발표한 7번째 시집『부평 4공단 여공』 등에 1980년대부터 2010년대에 이르기까지 부평공단과 남동공단, 그리고 공단마을을 배경으로 한 노동자와 빈민의 삶을 지속적으로 발표해왔다.

80년대 주안공단 봉제공장의 노동자 조혜영은 2005년에 펴낸 시집『검지에 핀 꽃』에서 피땀 서린 공단을, 목공 노동자 이세기 시인 역시 핍진한 노동을 노래했다. 이외에도 수많은 예술가들이 각 분야의 장르에서 노동과 노동운동, 민주와 민중, 민주화운동을 형상화했다.

거칠지만, 살펴본 바와 같이 산업화를 주도한 산업도시로서의 문화가치, 노동운동과 민주화운동의 산실을 접목시킨 문화도시로 승화시켜나가는 인천의 미래를 희망한다.

방법론은 다양할 수 있다. 가령 권역적 측면에서 공단이 조성되어 있는 3개구를 연계하여 추진하는 방법이 있을 수 있고, 공단이 배치된 각자의 구별로 추진하는 방법, 또는 역사적 장소를 따라 인천시 전체를 묶어 추진하는 방법이 있을 것이다.

문화 예술적 측면에서도 각 공단에 그 공단을 노래한 시비를 만든 거리를 조성한다든지, 조형물을 설치한 거리를 조성한다든지, 시 치원에서 매년 종합예술적인 공연을 추진 한다든지, 종합박물관을 설립한다든지 매우 다양할 수 있다.

그러나 그 무엇보다도 시민들과 인천을 찾는 이들에게 인천이

산업화를 주도한 산업도시로서의 문화가치, 노동운동과 민주화운동의 산실을 접목시킨 문화도시라는 것을 자연스럽게 느낄 수 있도록 해야 할 것이다. 그리하여 보다 효율적이고 예술적인 문화도시로 승화시키는 것이 관건일 것이다.

따라서 이 부분에 있어 보다 많은 관심과 애정, 그리고 깊은 고민들을 기대해 본다. 그리하여 현세대는 물론 후대에게, 역사 앞에, 더 나아가 세계 앞에 좋은 양질의 문화도시 인천으로 발전되기를 기대한다.

- 인천광역시 문화도시 종합발전계획 수립 열린 집담회,
  인천시 주최·문화다움 주관, 2016년 9월 6일

미당문학상 절대로 존재해선 안 된다

임동확 시인의 발제문 「부끄럼의 부재와 세속주의 – 미당 시의 훼절구조」는 미당의 친일문학 친일행적의 근원적 문제를 미당의 시를 통해 조밀하게 파헤치고 있다. 발제자는 발제문에서 '1. 시적 출발로서 『화사집』과 부끄럼의 발생' '2. 주술적 세계관과 윤리의식의 실종' '3. 굴욕의 내면화와 세속주의' '4. 전망의 상실과 상투적 세계인식' '5. 모어(母語)의 배반과 시인의 윤리' 등 다섯 단락의 각 소제목을 통해 미당 시의 훼절 구조를 면밀하게 분석하고 있다.

발제자가 곽종원 김동인 김동환 김기진 김문집 김상용 김소운 김안서 김용제 김종한 김해강 노천명 모윤숙 박영호 박영희 박태원 백 철 서정주 송 영 유진오 유치진 이광수 이무영 이서구 이석훈 이찬 이헌구 임학수 장혁주 정비석 정인섭 정인택 조연현 조용만 주요한 채만식 최남선 최재서 최정희 함대훈 함세덕 홍효민 등 민족문제연구소가 연구 발표한 친일문인 중 대표적 시인이었으며 현재 한국문단 일각에서 문학상 등을 통해 기리는 데 혈안이 되어 있는 미당 서정주를 지목한 것에 주목한다.

한국문단 일각에선 미당 서정주에 대해 '단군 이래 최대 시인', '시인부락의 명실상부한 족장', '부족방언의 마술사' 등으로 극찬하고 있다. 또한 극찬을 넘어 '국민시인', '민족시인'으로 칭송하기도 한다.

미당은 1942년 7월 '다츠시로 시즈오'라는 개명한 창씨명으로 평론 「시의 이야기」를 『매일신보』에 발표하면서 친일문학 작품을 썼다. 이미 여러 경로로 밝혀진 바와 같이 친일 어용 문학지인 『국민시가』와 『국민문학』의 편집 일을 하면서 본격적으로 친일 작품들을 양산했다. 이를 통해 태평양전쟁을 성전(聖戰)으로 미화하고 징병의 신성화와 정당화는 물론 학병 지원을 권유했으며 일제의 군국주의 파시즘의 정책에 적극 동조했다. 그의 이와 같은 친일행적은 매국적 행위로 질타해도 지나치지 않은 행보다.

미당이 남긴 작품들이 현재 문단 일각으로부터 칭송을 받고 있는 만큼 후대에도 뛰어난 작품으로 평가받을지의 여부는 차치하고, 그가 매국 행위에 버금가는 일제 찬양 친일문학을 한 친일문인이라는 점은 분명하다. 이 한 가지 이유만으로도 그를 문학상 등으로 기리는 것은 부당하다. 그럼에도 불구하고 오늘날 일부 세간에서 그를 온갖 미사여구가 동원된 말들로 칭송하고 기리며 신격화하고 있다. 우린 이 시점에서 이러한 우매한 짓들이 더 이상 진전되지 못하도록 저지해야 할 것이다. 왜, 저지해야 하는가?

　우리의 지난 역사를 살펴보면 이름 없는 민중과 민초들은 불의 앞에 목숨을 초개같이 버리며 불의를 바로잡고자 했다. 현재를 보더라도 이름 없는 시민들이 불의에 당당히 맞서 광장에서 촛불을 들고 있지 않는가? 이는 인류의 보편성을 따르고자 하는, 인간만이 지닐 수 있는 가치관이 있기 때문이다. 그런데 미당은 인간만이 지닐 수 있는 그러한 가장 기본적인 가치관마저 결여되어 있다. 지극히 보편적인 인간 본연의 가치관마저 제대로 갖추고 있지 못한 자를 기린다는 것은 우리 모두를 치욕스럽게 만드는 것이다.

　움켜쥔 지상의 모든 권력은 쉽게 바뀌지 않는다. 정치권력과 자본권력, 사회권력, 종교권력 등이 그러하듯이 문단 권력도 예외는 아니다. 권력은 물러났어도 추종하는 세력들에게 승계되어 이어가고 있다. 한번 움켜쥔 권력은 다른 세력이 권력을 쟁취하기 전까지 유구한 것이다. 그 권력들은 자신들의 관점에서 역사가 기록되길 원한다.

　미당이 생전에 가지고 누렸던 문단 권력은 현재 그의 추종세력들에게 승계되어 있다. 승계한 추종자들은 그 권력으로 미당의 역사를 찬양 일색으로 기록하고자 하는 것이다. 그들에게는 미당의 매국적인 친일행적도 그에 따른 친일문학 행위도, 해방 이후 군부독재에 아부아첨 편승한 행위도 아무런 문제가 되지 않는다. 정치

권력 등이 그러하듯이 잡은 권력을 지키고 누리는 것에만 혈안이 되어 있다. 이를 위해 미당을 찬양하고 있다. 미당의 행적을 문인이 아닌 정치인에 대입시켜 보자. 소름끼치는 존재임이 분명하다. 그럼에도 그들이 미당을 기리는 것은 미당이 건재해야만 자신들도 건재하기 때문이다.

이 지점에서 미당문학상에 대한 비판 또는 폐지의 주장은 고사하고, 심사와 수상의 대열에 합류한 자들 역시 자기 검열을 철저히 해보아야 할 것이다. 사고할 수 있는 인간으로서 가장 기초적인 능력인 옳고 그름을 분별하지 못하는 이들은 이미 문인이 아니다. 이들은 자기합리화를 위해 미당 문학의 뛰어남을 내세우고 있다. 그러나 그들이 심사와 수상의 대열에 합류하고 있는 것은 권력의 달콤한 맛에 길들여져 있기 때문이다. 동서고금의 예술을 살펴보자. 대다수 당대의 평가가 허구였음을 증명하고 있지 않는가. 당대의 평가가 대다수 권력자 세력과 그리고 그들과 어떠한 형식으로든 연을 맺고 있는 자들에 의해 내려지고 있기 때문이다. 진정한 평가는 당대가 아니라 후대에 비로소 아무런 이해관계가 없고 사심이 개입되지 않은 순수한 자들에 의해 제대로 이루어진다는 것을 우리는 목도하고 있지 않는가.

현재 한국문단 일각은 성숙되지 못하고 건전하지 못한 정치권력과 자본권력, 사회권력에 철저히 편승해 있다. 우리의 정치와 자본, 그리고 사회는 일제 치하에서 해방된 지 반세기를 넘겨 한 세기를 바라보고 있지만, 아직도 친일세력이 장악하고 있다. 이러한 상황에서 친일문학의 대표자 격인 미당이 추앙받는 것은 어찌 보면 자연스러운 것일 수 있다. 오히려 추앙받지 못한다면 이상스러운 것이다. 한국의 정치와 사회는 외형적 독립은 했으나 아직도 내형적 독립은 이루지 못했다. 진정한 독립을 하지 못한 것이다. 문단 역시 이와 다를 바 없다.

우리가 친일문인 미당을 기념하는 '미당문학상'을 반대하고 저지해야 하는 이유를 살펴보았다. 앞으로 더 이상 친일문인 기념문학상이 존재해선 안 되는 이유도 여기에서 찾아야 할 것이다. 이러한 전제하에, 발제자 임동확 시인의 발제문에 접근, 합류하고자 한다.

발제자는 '1. 시적 출발로서 『화사집』과 부끄럼의 발생'에서 "미당 서정주의 시들 속에서 찾아볼 수 있는 부끄럼이나 죄의식 역시 그렇다. 자신의 가족이나 그가 속한 집단이나 사회로부터의 비난이나 처벌에 대한 공포가 부끄럼을 낳고, 죄의식을 발생시킨다. 한 인간이자 시인으로 성장하는 과정에서 필연적으로 부닥칠 수밖에 없는 중요한 감정들이 부끄럼이나 죄의식이다."라고 전제, 시 「자화상」의 "스물세햇 동안 나를 키운 건 八割이 바람이다./세상은 가도 가도 부끄럽기만 하드라/어떤 이는 내 눈에서 罪人을 읽고 가고/어떤 이는 내 입에서 天癡를 읽고 가나/나는 아무것도 뉘우치진 않을란다." 부분 등을 인용했다.

이 부분에서 나는, 미당이 시 「자화상」을 통해 자신의 처지에 대하여 "세상은 가도가도 부끄럽기만 하다"며 자신을 부끄러워하기보다 세상을 한탄 또는 원망하며 세상 탓을 하고 있는 것으로 읽힌다. 또한 타인들이 그러한 자신의 눈과 입에서 죄를 지은 것과 어리석음을 읽으며 자신을 죄인과 천치 취급하지만, 자신의 처지를 만든 것은 자신 탓이 아니고 세상 탓이기에 아무것도 뉘우칠 필요가 없다고 읽힌다. 이 얼마나 기가 막힌 비열함이며 뻔뻔함인가. 미당은 시 「자화상」에서 자신의 처지(친일행적 등 포함)에 대한 죄의식을 갖고 있지 않으며, 세상이 일제 치하가 되었으니 친일행위는 당연하다는 것을 아무 부끄럼 없이 뻔뻔하고 당당하게 적시하고 있다. 따라서 한국문단 일각에서 최고의 수작이라고 치켜세우고 있는 시 「자화상」은 유사 이래 가장 처절하게 반응(저항)해야 할 시대를 철저하게 회피한 가장 못난 졸장부가 시인이라는 특권과 시를 짓는 요사스러운 재주를 동원해 철저히 자기정당화한 비열한 졸작에 불과하다.

발제자는 '2. 주술적 세계관과 윤리의식의 실종'에서 "그의 주술적 시 세계는, 종교적이고 정치적인 이데올로기의 성층을 이루거나 이성적이고 합리적인 인식구조에 막대한 방해물로 기능하고 있을 뿐이다. 모든 부조리나 부도덕이 정당화되고 무마하면서 올바른 현실 인식을 방해하거나 "매운 재가 되어 푹삭 내려 앉"(「신부(新婦)」)

은 시간의 무화 또는 비활성적이고 현실영합적인 세속의 삶을 옹호
하는 데로 귀결되었다고 할 수 있다."고 지적하고 있다.

　매우 지당한 지적이다. 우리의 언어에 "시인답다"라는 말이 있
다. 우리는 이 "시인답다"라는 말이 주술적으로 호도되는 경우를 종
종 목격하게 된다. "모든 부조리나 부도덕이 정당화되고 무마하면
서 올바른 현실 인식을 방해하거나" 또는 "시간의 무화 또는 비활성
적이고 현실 영합적인 세속의 삶을 옹호하는 데로 귀결"되는 것도
"시인답다"는 말도 안 되는 말로 미화되고 있는 것이다. 이는 미당
에게도 적용되어 그가 저지른 친일행각이 "시인답다"는 호도된 주
술적 언어로 치장되고 있다.

　발제자는 '3. 굴욕의 내면화와 세속주의'에서 "그(미당)의 시정신
은, 가난하고 소외된 이웃의 삶에 대한 연대의식보다 자기 중심의
굴욕적이고 동물적인 맹목의 삶의 논리를 변명하거나 정당화하는
데 집중하는 모습이다. 단적으로 "제 아무리 쓰고 매운 고생이 닥치
더라도" "역시나 사는 것이 제일 꽃다운 일"(『義湘의 生과 死』)이라는
그의 시적 발언이 그렇다. 그의 삶과 시에서 어느 순간 한 인간으로
서 지켜야 할 도리나 품위는 더 이상 문제가 아니다. 최소한의 부끄
럼이나 염치조차 순응적이며 패배주의적인 생존 지상주의가 그가
초기에 내세운 바 있는 생명주의를 대신하고 있다."고 진단했다.

　발제자는 여기에서 시인이 타락하면 어디까지 타락하고 있는지

를 신랄하게 지적하고 있다. 시인이 이 지점에 이르면 이미 그는 시인이 아니다. 시를 쓰는 인간이 아니라 시를 제조하는 제조기에 불과한 것이다. 기계에 의해 제조된 시가 버젓이 시의 행세를 하며 미혹에 빠지게 할 때, 그 사회가 얼마나 혼돈에 빠져가는지를 아직도 친일파들이 득실거리고 있는 우리의 현실이 증명하고 있지 않은가? 친일파의 세력들이 대통령으로 옹립한 박근혜의 하야를 촉구하는 광화문 광장 1백만 명 민중의 촛불이 이를 여실히 증명하고 있지 않은가?

발제자는 '4. 전망의 상실과 상투적 세계인식'에서 "미당의 시가 어느 순간부터 조금만 주의를 기울이면 누구나 예측 가능한 시적 전개나 구조, 형식과 내용에 그치고 있는 것은 바로 그 때문이다. 이러한 그의 퇴행적이고 상투적인 세계관의 재현 내지 반복은, 우선 시인으로서 그 자신에 대한 반성과 성찰을 가로막으면서 나태하고 타성적인 후기의 시 쓰기로 몰아간다. 특히 그것은 가혹하게 주어진 생의 "운명들"조차 다 "괜찮타"(『내리는 눈발 속에서』)며 거기에 순응하도록 설득하는 이념으로 작용한다. 급기야 "너절하게 아니꼽게 허기지게"라도 살기 위해 "사랑"이나 "언약", 그리고 "交通" 마저 "작파해 버리는 것도 물론 괜찮다"(『新年有感』) 식의 생의 허무주의로 귀결된다. "결국은 그게 그거다"(『무제』, 『신라초』) 식의 심리적 방기 상태로 이어졌다고 할 수 있다."고 분석하고 있다.

이쯤 되면 마치 해탈의 경지에 이른 도승을 보는 것과 같다. 그러나 해탈과는 무관한, 암담한 형국이다. 도승과 도승이 마주하면 도에 대하여 자기들끼리 통하는 그 무엇이 있겠지만, 도승과 마주하게 되는 범인은, 도에 대하여 문외한인 범인은 암담할 수밖에 없다. 더군다나 그 도승이 사이비라면 그 암담함은 더 커질 수밖에 없으며 그 사회는 혼돈에 휩싸이게 된다. 문단 역시 예외일 수 없다.

발제자는 '5. 모어(母語)의 배반과 시인의 윤리'에서 미당에 대해 "수치나 죄의식을 더 이상 문제 삼지 않는 현실영합적인 시인이 되기로 작정하면서, 미당에게 한 나라와 민족의 일원이자 시인으로의 신념이나 절조(節操)는 무가치한 겉치레로 변질되고 말았다."며, "한국어의 묘미를 잘 설파한 시인일지는 모르나, 위대한 시인으로 부르기엔 너무나 치명적인 도덕성 결여와 삶의 윤리를 가진 오욕된 시인의 운명을 스스로 좌초할 수밖에 없었다고 할 수 있을 것이다."라고 진단하고 있다.

우리가 미당으로 대변되는 친일문인 기념문학상을 반대해야 하는 종착점이 어디인가를 명확하게 진단, 지적하고 있다. 우리는 시인이든 민중이든 한 나라의 백성이라면 어떠한 고난 앞에서도 "나라와 민족의 일원이자 시인으로의 신념이나 절조"를 가치로 삼는 지점을 향해 가야 하기 때문이다. 그러하기에 매국적인 행위에 버금가는 일제 찬양을 한 친일문인 기념문학상이 앞으로 더 이상 우리에게 존재되어서는 절대로 안 되는 것이다.

● 친일문인 기념문학상 반대 긴급토론회,
한국작가회의 · 민족문제연구소 주최, 2016년 11월 29일

블랙리스트와 친일 청산

인류는 창세 이후 꾸준히 모든 예술 활동을 동원해서 표현을 해왔으며 메시지를 전해왔다. 보다 더 나은 인간다운, 인간의 삶을 만들기 위해서였다. 그런 차원에서 예술은 부당하고 부정하고 독재적인 불의한 권력에 당당히 맞서 지속적으로 투쟁해왔다. 예술을 존중하는 권력은 정직과 헌신 봉사로 민중을 섬긴다. 이는 참된 권력이다. 반면에 예술을 시녀쯤으로 여기는 권력은 거짓과 부정과 부당한 방법으로 독재를 일삼으며 민중을 억압한다. 이는 못된 권력이다.

못된 권력은 민중을 억압하기 위해 우선 예술을 탄압한다. 이는 총과 칼로 민중을 죽이는 것보다 더 무자비하다. 민중은 예술로 살아가기 때문이다. 이명박 · 박근혜 정권이 과거 군사정권인 박정희 · 전두환 정권보다 더 교묘하고 야비하고 치사하게, 못되고 소름 끼쳤던 이유는 바로 여기에 있다.

못된 권력은 예술을 권력의 수단으로 삼는다. 못된 권력을 참된 권력으로 돌려놓고자 하는 예술을 탄압한다. 그 탄압은 예술을 블랙리스트로 만들기도 하고 화이트리스트로도 만든다. 블랙리스트에게는 철저히 적대시하며 어떻게든 활동을 막아 죽이려 하는 반면, 화이트리스트에게는 온갖 미끼를 던져주며 맹종하는 종으로 삼는다. 박근혜 정권이 탄핵된 것은 최순실의 하수인 노릇을 한 국정농단보다, 예술을 블랙리스트로 만들어 적대시하며 활동을 막고자 한 적폐 때문이라 해도 과언이 아니다.

박근혜 정권의 원조 격인 이명박 정권 역시 예술을 죽이기 위해 비열하고 야비하고 무자비하게 자행한 일들이 연일 낱낱이 밝혀지고 있다. 그러한 불의 부정함이 백일하에 탄로 날까 봐 박근혜 정권을 후계로 삼아 권력을 이양하기 위해 국정원과 기무사 등을 앞세워 부정선거를 했다. 아울러 예술을 은밀하고도 교묘하게 탄압했다. 적폐와 국정농단, 문화예술계의 블랙리스트는 이미 이명박 정권 때부터 양산되었던 것이다.

블랙리스트 사태는 이명박·박근혜 정권이 예술을 통제하며 권력에 반하는 민중의 인식과 사고를 차단하고 격리시킨 반민주적 행위다. 예술 검열을 통해 표현의 자유를 억압함으로써 우리의 헌법 가치를 정면으로 위반했다. 청와대의 지시로 국정원과 문화예술 기관들이 총동원된, 민주주의의 뿌리를 흔든 악독하기 그지없는 범죄행위다. 법과 민중 위에 군림하고자 한 못된 이명박 · 박근혜 정권과, 그 못된 권력의 국정 운영을 옹호하며 권력의 영속을 도모한 파렴치한 동조세력이 결탁해 만들었다. 예술을 이념의 잣대로 재단하고 정권 유지를 위한 도구로 사용하려 한 적폐다.

문재인 정권이 들어선 후, 이러한 적폐를 바로잡기 위해 현재 정부 각 부처에 '적폐청산위원회'가 운영되고 있으며, 문화예술 탄압에 대한 진상조사와 제도개선을 위한 '블랙리스트 진상조사 및 제도개선위원회(약칭 블랙리스트진상조사위)가 운영되고 있다. 이러한 와중에, 적폐와 국정농단의 공범자인 자유한국당 국회 교육문화체육관광위원회 위원들의 행태가 가관이다. 이들은 국정감사에서 문체부와 현장 문화예술인들의 협의로 출범한 '블랙리스트진상조사위'의 존재를 인정하지 않고, 활동에 대한 탄압을 노골적으로 시도했다. 적폐청산을 통한 국정의 정상화를 바라는 민중의 염원이 국정농단의 공범자들의 방해로 난항을 겪고 있는 어처구니없는 일이 벌어지고 있다.

우리의 현실이 이 지경이 된 것은 일제 치하의 '친일'에서 비롯되었다. 식민지 왜정시대 친일의 권력이 해방 이후 그대로 이양되었기 때문이다. 일제 식민지 지배세력인 '친일'을 제대로 단죄하지 못한 것이 현재의 '적폐'로 전이되었다. 일제 식민지 지배세력들에 대한 인적 · 제도적 잔재를 제대로 청산하지 못한 결과다. 해방 이후 권력은 오로지 친일세력의 것이 되었다. 그들의 후광을 입은 그들의 후손과 후학들 역시 정치·경제·사회·학문·문화예술 등 모든 분야에서 현재까지 권력을 누리며 적폐를 양산해왔다. 문단을 들여다보자.

서정주와 김동인은 가장 대표적인 친일문인이다. 서정주는 친일에서부터 친군부 독재까지 철저한 권력의 시녀였다. 그럼에도 단죄 받지 않고 한국문단의 거대한 권력이 되었다. 해방 이후에도 그는 대학 강단에서, 문단에서, 인적관계에서, 수없이 많은 제자들을 키웠다. 절대적 문단 권력자였던 서정주는 죽어서도 그 권력을 문단의 후학들에게 그대로 넘겼다. 그 무리들에 의해 반민족적·반문학적 친일의 과오가 명백한 그를 기리는 미당문학상이 만들어졌으며, 그 문학상이 대한민국 최고의 권위와 명예를 누리고 있다.

"이날은 대성전기념일도 축제일도 아니었다./그러나 나는 그 받은 깃대에 국기를 한번 꽂아보고/싶어서 견딜 수가 없었다./나는 오히려 땀까지 흘려가며 벽장 속에서 국기를 꺼내어/그 깃대에 매었다./탄탄한 깃대에 비해서는 벌써 장만한지 해가 겹친 국기의/깃폭은 낡아 보였다./나는 부끄러운 생각이 들었다./왜 뒷집에서 깃대를 주려고 생각을 하고 있을 때에/나는 거기에 맞추어야 할 새로운 깃폭을 준비할 생각은 하지 못하였던 것인가./나는 깃대에 꽂힌 국기를 방 아랫목에 세워두고/한참 동안 합장을 하고 있었다."(서정주의 친일 시「일장기 앞에서」)

문단에서 '동인문학상'으로 기리고 있는 김동인도 서정주 못지않게 왜정 식민시대 친일을 했다. 그 전력으로 해방 이후 문단 권력을 쌓았다. 그의 문단 권력 역시 후학들에게 이어져오고 있다. 김동인은 『매일신보』 등 당시 매체에 수많은 친일 찬양의 글을 게재한 것을 비롯해 황군 위문을 했으며, 조선총독부 외곽단체인 '조선문인협회'에 참여하며 내선일체를 강조하기도 했다.

"지원병제, 징병제, 특별지원병제 등 이 모든 행사가 일시 뇌동적 흥분이 아니고 진정한 황민화의 고양인 점을 천하에 알리는 동시에 후계자의 육속을 효과 있게 부르기에는 문학의 선동력과 흥분력의 힘을 빌 필요가 많다고 본다. 이러한 의미로 우리 반도의 문학인의 책무는 크고 또 중하다. 국가 성쇠의 열쇠가 우리 반도 문학인의 손에 달렸다 해도 과한 망언은 아닐 것이다."(김동인의 「총동원태세로」 중, 1944년 1월 14일자 『매일신보』 게재)

친일문학과 친일문인은 적폐의 시발점의 한 축이 되었으며, 적폐의 온상이 되어왔다. 적폐의 온상, 친일문학과 친일문인을 단죄해야 한국문학과 한국 사회, 한국 역사가 바로 선다. 문인의 문혼이 타락의 지점에 이르면 그는 이미 문인이 아니다. 시와 소설을 쓰는 인간이 아니라 시와 소설을 제조하는 제조기에 불과한 것이다. 일제를 찬양한 서정주와 김동인을 비롯한 친일문인들이 이 범주에 든다. 기계에 의해 제조된 시와 소설이 버젓이 시와 소설의 행세를 하며 미혹에 빠지게 할 때, 그 사회가 얼마나 혼돈에 빠져가는지를 친일문인을 추앙하고 있는 자들이 득실거리고 있는 한국문단의 현실이 여실히 증명하고 있다.

친일문인의 추종세력들에게 친일문인의 매국적 친일행석은 아무런 문제가 되지 않고 있다. 서정주와 김동인 등 친일문인을 기리는 친일문인기념문학상 심사와 수상 대열에 합류한 이들은 친일문인의 문학의 뛰어남을 내세우고 있다. 그러나 그것은 문단 권력의 달콤한 맛에 길들여지면서 내세운 자기합리화다. 따라서 역사는 적폐에 편승하여 사회적 책임을 외면한 이들 또한 반드시 심판할 것이다.

문인이든 민중이든 한 나라의 백성이라면 어떠한 고난 앞에서도 저항의 신념이나 절조를 최고의 가치와 덕목으로 삼는 지점을 향해 가야 한다. 친일문인은 아름다운 한국어로 일제를 찬양하며, 그 아름다운 한국어를 가장 많이 추하게 만들고 더럽혀 꿇어 앉힌 자들이다. 매국적인 행위에 버금가는 일제 찬양을 한 친일문인을 기리는 친일문인기념문학상은 더 이상 우리에게 존재되어서는 절대로 안 된다. 이는 '적폐'와 '친일'의 뿌리를 뽑아내는, '적폐 청산'과 '친일 청산'의 첫 걸음이기 때문이다.

• 『민중의소리』, 2017년 10월 24일

이제, 친일을 청산하자

이제, 친일을 청산하자. 독재와 억압, 불의와 부정의 토대인 친일을 청산하자. 그리하여 이 땅에 70년 넘게 채워진 질곡의 사슬을 풀고 민주와 정의, 화합과 평등이 넘치는 새로운 역사적 전환을 만들자.

미국을 등에 업은 이승만의 친미독재, 박정희와 전두환의 무자비한 군사독재, 그리고 이들의 반민족, 반민주 독재 권력을 이어받고자 했던 이명박과 박근혜의 국민분열, 친일반역, 국정농단 정권에 이르기까지 우리는 해방 이후 친일세력들의 비열한 통치와 압제 속에서 살았다. 이러한 체제가 반복되어 온 것은 일제 식민지 지배 세력들의 인적 · 제도적 잔재를 제대로 청산하지 못했기 때문이다. 일제 식민지와 친일, 그 뿌리 깊은 잔재는 오늘날 정치 · 사회 · 학문 · 자본 · 언론 · 예술 등 모든 곳곳, 요소요소에 악의 고리로 남아 있다.

1919년 3·1 독립운동뿐만이 아니라 1960년 4·19혁명, 1980년 5·18민주화운동, 1987년 6·10민주항쟁은 모두 '친일세력의 근원을 타도하기 위한 민중들의 항쟁'이었다고 해도 과언이 아니다. 바로 그 최후의 정점에 이승만을 몰아낸 민주혁명의 힘이 박근혜를 권력에서 끌어내린 촛불 혁명으로 타올랐다.

일제강점기 당시, 조선의 국권을 빼앗은 일제보다 일제에 빌붙어 수족 행위를 하고 나팔수 노릇을 한 친일파가 더욱 악랄했다는 사실은 우리가 익히 알고 있다. 친일파들은 민중의 일거수일투족을 감시하고, 재산을 탈취하고, 항일투사들을 잡아들이고 살해하는 일에 앞장섰다. 또한 학도병, 강제징병, 강제징용, 위안부 모집의 선동대가 되는 온갖 악행을 도맡아 저질렀다.

1948년, 이들을 처벌하기 위해 '반민족행위처벌법'이 제정되고 반민특위가 만들어졌다. 반민특위는 구체적인 죄목으로 친일파들에 대한 단죄에 나섰다. 한일합방에 적극 협력하거나 한국의 주권을 침해하는 조항에 조인하거나 모의한 자, 독립운동자나 그 가족을 살상 박해하거나 지휘한 자, 일본 정부로부터 작위를 받거나 제국의회 의원이 된 자, 습작(襲爵)한 자, 중추원 간부, 칙임관 이상 관리, 밀정, 독립운동 방해단체 간부, 군경찰 간부, 군수공업 경영자, 관리 중 악질적 죄질이 현저한 자, 도(道)나 부(府)의 자문기관 또는 의결기관 의원 중 현저한 반민족 행위자, 종교·사회·문화·경제 등 각 부문에서 반민족적 행위자, 일제에 아부하여 민족에 위해(危

害)를 가한 자, 고등관 3등급 이상, 훈 5등급 이상 관공리, 헌병, 경찰, 헌병보, 고등경찰 등이 처벌 대상이었다. 그러나 이승만의 방해로 인하여 반민특위는 해산되고 친일파는 단 한 명도 단죄되지 않았다.

이렇게 버젓이 살아남은 친일파는 이승만 정권하에서 더욱 승승장구하였다. 군사 쿠데타로 정권을 장악한 박정희 치하에서도 그들은 기득권을 계속 유지했다. 나라의 권력은 오로지 친일파의 것이 되고 말았다. 그들의 후광을 입은 그들의 후손들도 역시 정치·경제·사회·학술 등 모든 분야에서 현재까지 권력을 누리고 있다.

문단을 예로 들어보자. 『친일인명사전』(2009)에 오른 친일문인은 곽종원, 김기진, 김동인, 김동환, 김문집, 김사영, 김성민, 김억, 김영일, 김용제, 김종한, 노천명, 모윤숙, 박영희, 방인근, 백철, 서정주, 오용순, 유진오, 윤두헌, 윤해영, 이광수, 이무영, 이석훈, 이원수, 이윤기, 이찬, 임학수, 장덕조, 장혁주, 정비석, 정인섭, 정인택, 조연현, 조용만, 조우식, 주요한, 채만식, 최재서, 최정희 등 무려 40인에 이른다.

이 중에서도 미당 서정주는 가장 대표적인 친일문인이다. 서정주야말로 친일에서부터 친독재까지 철저한 권력의 시녀였고, 죽을 때까지 단 한 마디의 반성도 하지 않았다. 그럼에도 그는 한국문단의 거대한 권력이 되었다. 해방 이후에도 '살아남은' 그는 대학 강단에서, 문단에서, 관계에서, 수없이 많은 제자들을 키우고 또 그

제자들은 그를 스승으로 우러러 받들었다. 시인으로서 무소불위의
절대 권력자였던 서정주는 죽어서도 그 권력을 문단의 후학들에게
그대로 넘겼다.

반민족적·반문학적 친일의 과오가 명백한 그를 기리는 미당문
학상이 만들어지고, 바로 그 문학상이 대한민국 최고의 권위와 명
예를 누리고 있는 현상이 그것을 증거한다. 이런 기이함은 미당 서
정주를 '국민시인', '민족시인'으로 칭송한다. 심지어는 올해 여름에
발간한 미당전집 편집위원 중의 한 사람은 미당을 '민중 시인'이라
고까지 말했다. 북한의 3대 세습 정권에서도 있을 수 없는 망언이었
다.

미당은 1942년 7월 '다츠시로 시즈오'라는 창씨개명한 이름으로
평론 '시의 이야기'를 『매일신보』에 발표하면서 친일문학 작품을 썼
다. 이미 여러 경로로 밝혀진 바와 같이 친일어용문학지인 『국민시
가』와 『국민문학』의 편집 일을 하면서 본격적으로 친일작품들을 양
산했다. 이를 통해 태평양전쟁을 성전(聖戰)으로 미화하고 징병의
신성화와 정당화는 물론 학병지원을 권유했으며 일제의 군국주의
파시즘에 적극 동조했다.

미당이 남긴 작품들이 정말 문학적으로 긍정할 수 있을 만큼 뛰
어난 작품인지 그 평가는 차치하고, 그는 민족의 범죄자에 지나지
않는 인물이었음은 분명하다. 이 한 가지 이유만으로도 그를 문학
상 등으로 기리는 것은 어불성설이다. 그가 지어낸 천여 편의 시들

도 '겨레의 말'이 아니라 일종의 기가 막힌 언어도단일 뿐이다.

인간에게는 누구나 인류의 도덕적 보편성과 정의를 따르고자 하는 인간만이 지닐 수 있는 가치관이 있다. 그런데 미당은, 인간만이 지닐 수 있는 그러한 가장 기본적인 가치관마저 결여되어 있다. 한마디로 인간 본연의 품성이 그릇된 자였다. 그릇됨을 덮고 가치관마저 전도시키는 그의 문학은 우리 모두를 치욕스럽게 만드는 것이다.

원숭이가 손목이 잘려도 바나나를 놓지 않듯, 권력도 움켜쥔 힘을 쉽사리 놓으려고 하지 않는다. 자기반성과 성찰을 바라기도 하지만 스스로는 절대로 바뀌지 않는다. 정치 권력과 자본권력, 사회권력과 관료 권력, 종교 권력과 문화 권력 등이 그러하듯이 문학 권력도 예외는 아니다. 권력은 물러났어도 추종하는 세력들에게 승계되고 이어가고 있다. 지배 권력은 다른 피지배세력이 그들의 권력을 쟁취하기 전까지 유구한 것이다.

미당이 생전에 지닌 문단 권력은 현재 그의 추종 세력들에게 전이되었다. 추종자들에게는 미당의 매국적인 친일문학 행위도, 군부독재를 찬양한 행위도 아무런 문제가 되지 않는다. 오히려 그런 점을 가리고 숨기기 위해 미당문학상으로 미화하고 있다. 미당 서정주, 그의 행적을 문인이 아니고 정치인에 대입시켜보면 참으로 소름 끼치는 존재다. 그럼에도 미당을 추종하고 옹호하는 무리들이 미당을 기리는 것은 미당이 건재해야만 자신들도 건재하기 때문이다. 이 지점에서 미당문학상에 대한 비판 또는 폐지의 주장은 고사하고 그 상을 심사하고 수상하는 사람들이 우선 자기 검열을 철저히 해야 할 것이다. 사고할 수 있는 인간으로서 옳고 그름을 분별할 수 있는 능력은 그들에게도 있을 터이다.

동서고금의 예술을 살펴보면, 정치 권력과 결합한 예술은 차후에 거의 모든 평가가 허구였음이 드러난다. 대다수 예술에 대한 평가는 당대가 아니라 후대에 이루어지는 경우가 많다. 우리의 정치와 사회, 문화예술 등은 일제치하에서 해방된 지 반세기를 넘겨 한 세기를 바라보고 있지만, 아직도 친일세력들의 영향력과 권위에서 벗어나지 못하고 있다. 이렇게 된 이유는 우리가 일제로부터 주권을 되찾는 독립은 했으나 아직도 정신적 독립은 온전하게 하지 못한 결과다.

완전한 독립, 그리고 온전한 민주주의를 위해서 이제, 친일을 청산하자. 친일파와 그들의 후손들이 득실거리는 시대, 누군가 반드시 기억해야 할 불의의 역사를 모른 체하면 대대손손 청사에 물려줄 정의의 역사는 사라진다.

● 『민족사랑』, 민족문제연구소, 2017년 11월 16일

불의한 권력의 예술 검열을 청산하라

인류는 예술을 먹고 발전해왔다. 음식이 인간에게 육체를 지탱하는 원동력이 되어왔듯, 예술은 인간의 영혼을 지탱하는 원동력이 되어왔다. 육체만 있고 영혼이 없는 인간은 짐승과 다름없다. 음식이 육신의 양식이라면 예술은 영혼의 양식이다. 음식은 인류를 지탱하는 역할에 머물렀지만, 예술은 인류를 끊임없이 발전시켜오는 역할을 했다.

예술은 인간이 탐식으로 인해 인간다움을 버릴 때마다 다시 참된 인간으로 되돌려놓았다. 그러기에 오직 탐식에만 열중하고 욕심을 내는 인간들은 예술을 타도해야 할 적으로 간주했던 것이다.

박근혜 권력은 탐식에만 과욕을 부렸다. 영혼 없이 탐식에만 열중했다. 예술이 영혼 있는 인간으로 돌아오라고 무진 애를 쓰며 손짓을 했지만, 오히려 예술을 '블랙리스트'라는 이름으로 검열하고 억압하고 탄압했다.

　불의한 권력은 모든 것을 독점하고 싶어 한다. 사회 구성원과 공유해야 할 것들을 독점하는 것을 당연시 여긴다. 세상 모든 것이 권력의 것이라고 착각한다. 이러한 불의한 권력에 저항하는 것은 예술의 본능이다. 사회 구성원 모두의, 보다 디 나은 인간나운 삶을 추구하는 것이 예술이기 때문이다.

　불의한 권력은 예술을 휘하에 놓고 통치 수단으로 삼으려 한다. 권력에 굴복하여 권력의 통치 수단이 된 예술은 이미 예술이 아니다. 과거 일제를 찬양한 예술들과 군사독재 권력을 찬양한 예술들은 예술이 아니라 권력의 시녀에 불과했던 것이다.

　대한민국의 권력은 건국 이후 보수 세력 친일권력이 독점해왔다. 잠시 '국민의 정부'와 '참여정부'가 권력을 갖기도 했지만 친일권력이 곳곳에 심어놓은 친일세력을 극복하지 못했다. 이명박 정권으로 권력을 다시 잡은 친일세력은 박근혜 정권으로 이어오며 그 권력을 계속 이어가기 위한 수단으로 불의한 통치 수단인 독재를 선택했다.

　박근혜 독재 권력이 최우선으로 한 것은 '문화융성'이란 말로 흉계를 꾸며 민중의 입을 막고 귀를 막는 것이었다. 아울러 최선봉에 서서 민중의 입과 귀가 되어온 예술을 통제하는 것이었다. 이미 통치 수단이 된 일부 예술들을 철저하게 권력유지 수단으로 삼는 반면에 통치 수단이 되길 거부하는 또 다른 예술들을 철저하게 억압하는 짓을 서슴없이 저질렀다.

박근혜 독재 권력이 예술에게 저지른 그 검열과 억압과 탄압은 집요했으며 교묘했으며 악랄했으며 졸렬했으며 치사하고 염치없고 뻔뻔하고 비굴하기까지 했다. 특검 수사에서 밝혀진 바와 같이 정책적이었으며 제도적이었으며 조직적으로 이행되었다. 그 결과 건국 이후 최고 권력인 대통령과 그리고 그 대통령과 사적 친분이 있는 민간인이 공모해 저지른 초유의 국정농단 사태를 낳았다. 아울러 국정농단 사태의 중심인 블랙리스트 사태를 저질렀다.

블랙리스트 사태는 특정 예술가들이 정부로부터 창작 활동을 위한 지원금을 받느냐 못 받느냐의 문제보다 더 큰 문제를 야기하고 있다. 여러 장르의 다양한 담론을 담아낸 예술 작품을 향유해야 할 민중의 권리를 권력이 차단하고 방해했다는 것이 핵심이다. 블랙리스트 사태의 최대 피해자는 예술인이 아니라 예술 향유권을 박탈당한 민중이다.

역사를 돌아보면 모든 예술 활동은 늘 기존의 정치권력보다 앞서는 이야기를 해왔고, 방향성을 제시하며 권력과 불편한 관계를 이어왔다. 그것이 예술의 속성이다. 박근혜 권력이 권력의 입맛대로 민중이 즐겨야 할 예술 작품을 취사선택했다는 것은 과거 봉건 왕조시대에서조차 없던 일로 민중을 '세뇌'하려 한 무모한 짓이었다. 어떠한 권력도 민중의 문화 향유권을 뺏으려는 시도는 결코 성공할 수 없다.

문화체육관광부가 최근 블랙리스트 사태에 대한 해결책으로 문화예술계 지원 배제 재발 방지를 위한 '예술가권익위원회'를 설립, 예술 지원 차별 시 신고 접수·형사처벌 요청 업무 등을 담당하겠다고 밝혔다. 헌법 제22조의 '예술가의 권리'를 실효적으로 보장하기 위한 '예술가 권익 보장을 위한 법률(가칭)'을 제정, 예술 지원의 차별 금지 및 예술사업자의 불공정행위 금지 원칙을 어길 시 신고 접수 및 시정조치, 형사처벌 요청을 할 수 있도록 하겠다는 것이다. 위원회의 독립성이 무엇보다 중요한 만큼 국회나 사법부로부터 위원들을 추천받는 방안을 검토하고 있다고 밝혔다.

아울러 블랙리스트 사태로 폐지된 우수문예지 발간 지원, 공연장 대관료 지원, 특성화 공연장 육성 등 문학·연극 분야에서 3개 사업을 복원하고, 도서관 상주 작가 지원, 지역문학관 활성과 출판 등 5개 신규 사업을 추진할 긴급자금 85억 원을 편성했음을 밝혔다.

또한 문화예술위원회와 영화진흥위원회, 출판문화산업진흥원 등의 심의 전 과정에서 투명성을 제도화해 부당한 외부 개입을 원천 차단하고, 위원장의 선임 절차를 개선, 조직 구조를 개편할 계획이다. 해당 공무원이 부당한 지시를 따르지 않도록 직무 수행에서의 차별 금지 원칙과 상급자의 위법 지시 거부에 따른 인사상 보호 규정을 '문체부 공무원 행동강령'에 추가하는 방안도 마련했다.

그러나, 지금은 문화체육관광부가 개선방안을 내놓을 때가 아니다. 현 사태의 치유가 선행되어야 하기 때문이다. 먼저 외부 전문가와 현장 문화예술인들이 참여하는 전면적인 진상조사부터 해야 한다. 그 결과에 근거하여 본질적인 개선방안을 마련해야 할 것이다. 그 본질적인 개선방안의 핵심 중 하나가 지원제도일 것이다. 불의한 권력이 권력유지를 위해 통제할 수 없는 제도를 만들어야 한다. 그의 일환으로 지원 심의에 있어 예술 지원 사업 지원자들이 직접 토론하고 심의하는 지원제도의 도입이 요구된다.

문화체육관광부가 내놓은 개선방안의 대부분은 이미 진행되었어야 하는 내용들이다. 이런 정상적인 상식들이 그동안 적용되지 못했던 원인을 찾는 것이 이번 사태를 해결하는 과정의 출발점이 되어야 한다.

무엇보다 블랙리스트 사태의 진상조사와 정상화, 개선방안 수립과 혁신은 현재 문화체육관광부 고위직과 기관 위원장 등이 추진할 수 없다. 왜냐하면 이들도 엄연히 불의한 박근혜 권력의 부역자들이기 때문이다. 이들은 대책을 내놓을 자격이 없는 인적청산의 대상자들이다.

부역자로 가담한 다수의 정·관계 고위 인사들이 구속되어 재판을 받고 있다. 그렇지만 아직도 수많은 또 다른 부역자들이 조직의 요소요소에서 일하고 있다. 이들은 즉각 사퇴 사직해야 한다.

이러한 조직의 인적청산이 하루속히 이루어져야 할 것이다. 블랙리스트 사태의 향후 대책은 여기서부터 시작되어야 한다. 그리해

야만 불의한 권력으로부터 검열받고 억압받고 탄압받는 예술의 불
행이 반복되지 않는다.

● 『민중의소리』, 2017년 4월 19일

제3부

밥 먹는 법

고혈이 서린 거대한 노동현장
— 사도 바울 전도 여행 성지순례기

순례를 시작하며

지난 3월 3일부터 15일까지 12박 13일 일정으로 터키, 그리스, 이탈리아, 로마 지역을 돌아보는 성지순례를 다녀왔다. 인솔자 천지항공 관계자 그리고 10명의 예장 통합 측 총회 소속 목사와 사모, 4명의 기장 총회 소속 목사와 사모, 2명의 구세군 교회를 출석하는 집사 부부, 5명의 가톨릭 신자, 그리고 나와 삶의 동지(아내) 2명을 포함하여 모두 24명이 함께 여정에 올랐다.

터키 이스탄불 히포드롬 광장에서 시작하여 그리스의 빌립보와 고린도 등 유명한 성지를 거쳐 이탈리아 사도 바울순교기념교회인 트레폰타네의 성바오로 성당(세분수교회)까지 순례하는 여정이었다. 우리가 순례한 길은 고대 유적지도 다수 포함되어 있으나 그 유적지들이 기독교와 깊이 관련된 곳이어서 의미를 더했다.

한결같이 따뜻한 가슴과 해박한 지식, 그리고 식지 않는 열정으로 안내하며 순례를 도와준 터키 가이드 한소희 씨, 그리스 가이드 윤윤심 씨, 이탈리아 가이드 김명찬 씨, 그리고 든든한 보살핌으로 인솔해 준 천지항공 신소영 집사께 이 글을 통해 감사의 마음을 전한다.

떠나기 전 여행사로부터 사전 지식과 정보를 접할 수 있는 안내 책자를 받았지만 시간이 여의치 않아 펴보지도 못하고 출발한 것이 여정 내내 아쉬웠다. 도착하는 곳마다 카메라에 열심히 담고 가이드의 설명을 스마트폰에 메모를 해두었지만 역부족이라는 생각이 들었다.

그러나 모든 여정을 마치고 귀가하여 틈틈이 차분하게 순례한 것을 정리하면서, 예습하지 않고 떠났던 것이 오히려 보약이 되었다는 생각이 들었다. 또한 현장에서 보다 많은 사진을 찍고 메모를 해둔 것이 크나큰 득이 되었다. 예습을 해두지 않았기에 복습에 더 열을 올릴 수 있었고 그 효과는 배가 되었으며, 수많은 사진들과 메모는 그 복습의 충실한 길라잡이가 되었기 때문이다.

순례한 곳 대부분은 사도 바울이 세 차례에 걸쳐 전도 여행을 한 곳이다. 이 길을 순례해보기로 한 것은 초대교회 시절 사도 바울이 전도하며 교회를 개척한 곳을 직접 돌아보고 하나님을 믿는 내가 현재 과연 믿음의 어느 지점에 서 있는지 반추해보고 싶어서였다. 또한 이를 통해 하나님께 향한 나의 믿음에 잘못된 점이 있다면 바로잡고 주님께 더 가까이 가고 싶은 마음에서였다. 그 무엇보다 신전에 깃든 노동의 무게를 살펴보고 싶었다. 지면상 순례 기록을 심도 있게 기록하지 못하는 것이 못내 아쉽고 안타깝다.

사도 바울의 전도 여행과 순교

사도 바울은 한때 예수의 제자를 심각하게 핍박했다. 그러나 다메섹에서 예수를 만나 회심한 이후 예수를 강력히 증거하였고, 전도 여행을 통해 이방인에게 복음을 전파했다. 로마 시민이자 율법학자인 그는 복음을 체계화하였으며, 여러 서신 복음서를 우리에게 남겨준 학자적 사도이다.

세 차례에 걸친 그의 전도 여행은 항상 안디옥에서 시작되었다. 1차 전도 여행은 안디옥에서 출발하여 구브로, 살라미, 바보 지역을 전도하고 바보에서 배를 타고 버가를 거쳐 비시디아 안디옥, 이고니온, 루스드라, 더베 등에서 예수님을 증거한 후 안디옥으로 다시 돌아왔다. 되돌아오며 전도했던 곳을 일일이 점검하는 꼼꼼함을 보이기도 했다.

2차 전도 여행 역시 안디옥에서 출발했다. 마게도냐, 빌립보, 데살로니가, 베뢰아, 아덴 지역 등을 거쳐 고린도에 입성, 이곳에서 1년 6개월 동안 전도했다. 고린도에서 아굴라와 브리스길라 부부로부터 노동할 수 있는 일거리와 거처를 제공받고 함께 고린도교회를 개척했다. 이후 이들과 겐그레아항에서 배를 타고 에베소로 건너가

에베소에 이들 부부를 목회자로 남겨두고 자신은 다시 안디옥으로 돌아왔다. 한편 아굴라와 브리스길라 부부는 에베소에서 아볼로를 전도하여 고린도로 파송한다.

3차 전도 여행은 2차 때 잠깐 머물렀던 에베소로 향했다. 이곳에서 고린도교회의 분쟁에 대한 의견에 답하는 서신 고린도전서를 썼다. 아굴라와 브리스길라 부부를 다시 로마로 파송하고 자신은 마케도니아 빌립보로 가서 디도를 만난다. 이곳에서 디도로부터 고린도의 형제들이 자신이 에베소에서 고린도교회를 향해 눈물로 쓴 책망의 편지(오늘날 전해지지 않음)를 받고 회개했다는 소식을 듣는다. 그리하여 기쁨의 편지를 쓴다. 이것이 고린도후서다. 이어 고린도교회를 세 번째 방문했으며, 고린도에서 로마서를 쓴다.

바울은 예루살렘에서 체포되었다. 가이사랴 감옥에서 2년간 투옥을 당한 후 죄인의 몸으로 로마로 압송되었다. 옥중에 갇혀 있던 2년 동안 옥중서신 에베소서, 빌립보서, 골로새서, 빌레몬서를 썼으며, 감옥에서 풀려난 후 로마에서 전도 활동을 펼쳤다.

이어 마케도니아로 진출, 디모데전서와 디도서를 집필한 후 로마 네로 황제에 의해 다시 감옥에 갇힌다. 로마에서 두 번째 옥중생활을 하며 바울서신 중 가장 나중에 쓴 디모데후서를 집필했다. 디모데후서는 디모데를 간절히 보고 싶어 하며 면회를 와 달라고 하는 내용을 담고 있다.

터키 성지 순례 기록

첫 도착지인 터키 이스탄불까지 가는 소요시간으로 인해 순례는 둘째 날부터 시작했다. 아침 일찍 이스탄불에서 로마시대 마차 경주장이었던 히포드롬 광장과, 광장의 오벨리스크, 구리뱃뱀, 블루모스크, 성 소피아 사원을 순례했다. 그리고 고대로부터 이어져 온 터키 전통시장인 그랜드바자르를 둘러본 후 앙카라로 이동했다.

신앙성과 예술성, 스케일 등 모든 면에서 엄청난 성 소피아 사원 등의 성화 벽화는 나를 한없이 숙연하게 했으며, 그랜드바자르의 상인들은 이웃처럼 정겹게 다가왔다. 고대 이집트에서 옮겨왔다는 오벨리스크는 태양 숭배의 상징으로 세워진 기념비로, 네모진 거대한 돌기둥이다. 위쪽으로 갈수록 가늘어지며 꼭대기는 피라미드 모양으로 되어 있다. 기둥면에는 상형 문자로 국왕의 공적이나 도안이 그려져 있다. 원래 높이가 30미터였으나, 윗부분이 손실되어 18미터라 한다. 약탈당하여 제 자리에 있지 못하고 손상된 모습이 안쓰럽고 안타깝다.

3일째, 앙카라에서 갑바도키아로 이동하여 괴뢰메동굴교회, 젤베계곡, 우치히사르조망, 비둘기골짜기 파노라마조망, 데린구유지하도시를 순례한 후 성서 상 이고니온인 코냐로 이동했다.

당시의 지난하였으나 갈급하고 절실한 믿음 생활이, 현재 나의 편안하나 미지근하고 느슨한 믿음 생활에 뜨거운 화인을 찍고 한없이 채찍을 가하는 순례 길이었다.

4일째 되는 날, 이고니온(코냐) 비시디아 안디옥 바울기념교회를 방문하고 목화의 성 파묵칼레로 이동하여 라오디게아교회, 야외온천, 히에라볼리 유적지를 순례한 후 이곳 호텔에 투숙했다.

비시디아 안디옥 바울기념교회터에는 주춧돌 등 몇 조각의 대리석 구조물만 남아 있지만 드넓은 터를 보니 이 기념교회가 당시 상당히 부흥하였으리라 짐작할 수 있었다. 바울이 1차 전도 여행을 했던 이곳에서 일행은 첫 단체 기념사진을 찍으며 전도에 대한 새로운 각오를 다졌다.

파묵칼레에서 하룻밤을 묵고 5일째 되는 날, 빌라델비아교회와 사데교회를 순례한 후 에베소로 이동하여 사도요한무덤교회, 그리고 에베소 유적지의 고대목욕탕과 셀수스도서관, 야외원형극장 등 다양한 유적을 답사했다. 이어 에게해의 어촌마을 아이발륵으로 이동했다.

사데 아데미신전도, 아데미신전 터에 있던 사데교회도 한없이 웅장했던 온전한 모습은 볼 수 없었지만 흔적의 거대함에 감탄사가 절로 나왔다. 신전을 세우느라 착취당하고 피를 흘려야 했고 목숨을 내놓아야만 했던, 당시 힘없는 민중들의 헤아릴 수 없는 그 노동력의 거대함에 뼈 아프고 가슴 저린 감탄사가 신음처럼 나왔다.

아데미신도 그 상황이 뼈 아프고 가슴 저려 자신의 신전을 허물어버렸나 보다. 나는 여기서 어린아이가 되었다. 하여 졸시이지만

「신전 터」라는 제목의 동시 한 편을 남겼다.

신께서
무지무지 화나셨나 보다.

힘없는 이들
마구마구 부려 먹으며

함부로
높이높이 지어놓았다고

자기 집을
부숴 버리셨나 보다.

엄청나게
크고 높은 신전

산산조각
허물어버리셨나 보다.

제왕과 권력자들이 어마어마한 신전을 세우기 위해 민중을 착취한 것도, 힘없는 민중이 그들에게 착취당한 것도 먹고살기 위한 것이었으리라. 먹고사는 것, 밥 먹는 것, 그 법이 온당치 못하여 신은 격노했을 것이다. 이러한 생각에 나의 졸시 「밥 먹는 법」을 감히 올려 본다.

> 밥 먹는 것에도 법이 있다는 걸
> 엄동설한 공사판 새참
> 야간노동 공장 야식
> 더불어 허겁지겁 먹어본
> 없는 반찬 가난한 밥상
> 함께 옹기종기 먹어본
> 우리는 절실하게 안다네
>
> 내 밥 수저에 올릴
> 반찬 한 젓가락 집어
> 상대방의
> 부실한 밥 수저에
>
> 말없이, 고이 올려주는, 법

6일째, 트로이 유적지와 목마를 본 후, 차나칼레 해협을 건너 그리스와의 국경인 압살라를 버스로 통과하여 성서 상의 네압볼리인 카발라로 이동했다. 도착하니 어느덧 저녁이 되었다. 네압볼리 사도 바울도착기념교회를 순례한 후 바다가 보이는 시내 밤거리를 산책했다.

그리스 성지 순례 기록

압살라에서 네압볼리까지 오는 거리는 만만치 않았다. 버스로 장시간 산과 늘 계곡을 이동하면서 교통수단이 전무하였던 이 길을 걸어온 사도 바울의 고행을 떠올리지 않을 수 없었다.

7일째 되는 이른 아침, 빌립보 유적지와 사도 바울 감옥 터를 찾았다. 이어 루디아 기념교회와 교회 문밖 강가에 있는 세례 터를 방문하고 암비볼리의 사자상과 아볼로니아의 바울이 설교한 자리를 찾은 후에 베뢰아 순례를 했다. 다음 날 순례지인, 수도원 집성촌인 메테오라로 이동하여 여장을 풀었다.

아볼로니아의 사도 바울이 대중 앞에서 말씀을 전한 장소에 이르니 당시 바울로부터 구원의 복음을 진실되고 순수하게 영접하고 있는 이들의 모습이 바로 눈앞에 보이는 것 같았다. 또한 베뢰아로 이동 중 바울이 건넜던 강가와 베뢰아 바울 방문 도착지에 이르러 우리 일행은 바울의 고단했던 전도 여행을 그려보았다. 그리하여 사도 바울 방문 기념사원 앞에서 모처럼 단체 기념사진 한 컷을 남겼다.

8일째, 이슬비가 간간이 내리는 이른 아침, 세계 불가사의 4번째로 지명된 공중사원 집성촌을 찾았다. 안개가 마치 띠처럼 계곡과

산허리를 두른 수도원 집성촌, 깎아지른 절벽 꼭대기마다 수도원이 신선처럼 올라가 우리를 반겼다. 계곡 중턱에서 영화 〈007〉을 촬영했다는 수도원을 비롯해 여러 개의 수도원을 볼 수 있었다. 그중 가장 높은 곳에 있는 그랜드(그레이트)수도원을 찾았다. 계단에서 우측 계곡을 바라보니 건너편에 안개에 휘감긴 발람수도원이 손짓하고 있었다.

순탄하지 못하였던 기독교의 지난 역사를 말하듯 수도원에서 직분을 수행하며 헌신한 수많은 성직자들의 유골(두개골)이 안치되어 있는 곳에 이르자 감히 발걸음을 뗄 수 없었다. 여기서 다음 행선지 아테네는 불원천리! 하지만 서둘러 출발해야 했다.

아테네에 도착해 헌법광장에서 초병과 기념사진을 찍었다. 초대 올림픽 경기장에도 들렸다. 버스 안에서 인근에 있는 아드리아누스 로마 황제 아테네 입성 문과 올림포스 제우스 신전을 우연히 발견하고 급히 카메라 셔터를 눌렀다.

밤길을 조심하라는 인솔자의 충고가 있었지만 호기심에 발동이 걸려 일행 중 무주의 진도교회를 담임하고 있는 조인희 목사와 사모, 집사람과 넷이서 아크로폴리스의 야경 불빛을 가운데 두고 반 바퀴를 돌아 고대장터 아고라 광장 헤파이스토스신전 앞 시장까지 과감히 진출했다가 되돌아왔다. 소요시간은 1시간 20분!

9일째 이른 아침, 전날 밤 무리한 행보로 고단한 몸이었지만 일정에 따라 아크로폴리스 언덕을 찾았다. 가는 중에 아테네 필로파포스언덕 입구에서 소크라테스와 제자들이 갇혔던 감옥을 볼 수 있었다. 전진하니 히로데스아티쿠스 음악당도 보였다. 아테네 최고법정이었던 아레오파고스 언덕 입구에서 바울 설교문을 발견했다.

아크로폴리스 언덕 위에 오르자 파르테논 신전과 니케아 신전, 에렉테리온 신전 등이 여전히 기나긴 역사의 풍상을 겪고 있었다. 이들을 대하자니, 언덕을 오르다가 마주친 바울 설교문이 마치 진흙 속에서 발견한 진주처럼 반갑고 눈물겹게 여겨졌다. 볼 것이 많은 아테네를 뒤로 두고 과감히 고린도로 이동했다.

오는 길에 세계 3대 운하라는 고린도운하를 볼 수 있었다. 고린도 바울 비마터에서 나는 다시 숙연해질 수밖에 없었다. 고대 고린도 유적지의 옥타비아 신전과 아폴론 신전의 터전 뒤편으로 산 정상에 아프로디테 신전이 있었다는 아크로고린도가 보였다. 유적지의 고대 고린도에서 레카이온 항구로 가는 길과 피레네 샘터, 그리고 박물관에 전시된 유물들 또한 인상적이었다.

사도 바울은 고린도에서 천막 짓는 일을 하며 전도에 열성을 다했다. 고린도 지역을 순례하는 내내, 바울은 과연 어느 지점에서 천막을 지었을까, 지은 천막은 어느 곳에서 처분하여 선교비를 충당했을까 생각에 잠겼다. 그리고 오늘날 우리들의 선교를 점검해보았다.

아쉬운 마음으로 고린도를 뒤로하고, 바울이 아굴라와 브리스길라 부부와 함께 배를 타고 에베소로 건너갔다는 겐그레아 항구를 순례했다. 이어 파트라로 이동해 안드레아의 머리 유골함이 안치되어 있는 성안드레아순교기념교회를 방문한 후, 파트라항에서 야간 페리 편을 이용해 이탈리아의 바리항으로 향했다.

이탈리아 성지 순례 기록

순례한 지 10일째가 되는 날, 밤새 배편을 이용해 아침에 바리항에 도착한 우리는 고고학적으로 의미가 큰 폼페이 유적지로 이동했다. 고대 거대 도시였던 폼페이는 인근 베수비오 화산 폭발로 순식간에 4미터에서 7미터에 이르는 잿더미에 묻혔다.

발굴된 폼페이의 중심에는 시민광장, 그 뒤로 주피터신전, 신전 뒤편으로 베수비오화산이 멀리 보였다. 마차 길과 인도가 구분되어 있으며, 의료기관과 매춘 사창가, 물을 공급하는 수도망, 대중목욕탕 등 현대 도시와 다름없는 구조를 두루 갖추고 있다. 특히 번성했던 사창가엔 다양한 자세와 형태의 춘화 벽화가 그려져 있어 놀랍다.

화산 폭발 당시 미처 피하지 못하고 앉은 자세로, 또는 누운 자세 그대로 파묻힌 인간과 동물들의 화석이 발굴되기도 했다. 폼페이는 분명 현대인들에게 둘도 없는 거울이 되어 있지만, 우린 그 거울을 제대로 들여다보지 못하는 어리석음에 젖어 있다. 폼페이의 무서운

교훈을 안고, 사도 바울의 첫 유럽 도착지로서 의미가 큰 보졸리로 이동하여 바닷가 바울도착기념교회를 순례했다. 이어 저녁 늦게 로마에 입성하여 여장을 풀었다.

순례 마지막 날, 아침 일찍 서둘러 바티칸시국으로 향했다. 바티칸박물관과 성베드로대성당, 베드로광장 등을 순례했다. 오후에 개선문과 콜로세움을 거쳐 대전차경기장과 로물루스가 세운 로마 7개의 기원지 언덕 중 하나인 팔라티노 언덕을 카메라에 담았다. 이어 기독교 박해시대 중요한 피신처로 사용하며 신앙을 지킨 지하공동묘지 산칼리스토 카타콤베를 순례했다. 갱도 길이 20킬로미터인 이곳에는 10명의 순교자와 16명의 교황, 수많은 기독교인들이 매장되어 있다.

늦은 오후, 드디어 우린 바울 순교지에 자리 잡은 바울순교기념교회인 트레폰타네의 성바오로성당(세분수교회)에 도착했다. 바울순교기념교회에는 바울의 목을 자를 때 목을 받친 받침대가 보관되어 있다. 또한 부조된 잘린 머리가 보관되어 있다. 형 집행 당시 잘린 바울의 머리가 세 번 튕겨 나갔으며 튕겨 나간 자리마다 샘이 솟았다고 전해지고 있다. 이 자리에 교회를 세웠기에 세분수교회로 명명했다.

바울순교기념교회로 가기 100여 미터 전방에 바울이 갇혔던 지하 감옥 위에 세운 천국계단교회가 있다. 지하 감옥에는 형장으로 가는 길과 처형장을 내다볼 수 있는 조그마한 창이 달려 있다. 사도 바울은 이곳에서 자신의 처형장을 바라보았을 것이다. 그리고 담대하게 바울서신 중 가장 나중에 쓴 디모데후서를 썼다.

이 서신에 디모데를 간절히 보고 싶어 하며 면회를 와달라고 하는 내용을 담았으니 바울은 하나님 앞에 지극히 순수한 인간임에 틀림없다. 바울의 전도 여행지 순례를 마치며 나도 바울처럼 하나님 앞에 지극히 순수한 인간이 되길 서원했다. "하나님! 저를 하나님 앞에 순수한 인간이 되게 하소서!"

● 『기독선교신문』, 2014년 4월 17일

건강하고 정직한 밥을 위한 투쟁

단식농성 30일차 지회장님
고공아치에 올라 있는 두 노동자
저녁밥을 가지고 가 인사하니
오늘의 메뉴를 묻는다
콩비지찌개. 두부조림. 꼬막무침
입가에 미소를 흘리며
콩비지찌개엔 묵은 김치 송송 다져넣고
비계 두툼한 돼지고기 넣어야 제격이라며
침을 꿀꺽 삼킨다
소시지볶음밥이 생각난다며
녹차를 홀짝 마신다
드럼통에 장작불 활활 타오르고
밧줄을 타고 저녁밥이 허공에 오른다
문화제도 끝나고

.

몇몇은 눈 위에 포개진 침낭 속으로 들어가고
밤새워 농성장을 지키는 몇몇은 드럼통에 둘러 모여
담배를 피우며 언 발을 녹인다
빈 도시락통 들고 눈길을 걸으며 집으로 돌아오는 길
발바닥이 뜨겁다

　　　　　　　　　　　　　　　　— 조혜영, 「밥」 전문

배달된 빈 도시락 수북이 쌓인
농성장 한편에서
늙은 노숙자가 고양이처럼
남은 음식을 골라낸다
노숙농성으로 하루에도 수차례씩
눈빛이 돌아가는 노동자들에게
남은 반찬 없냐며 선한 눈빛을 건넨다

뒤적거리던 나무젓가락 사이로
잘 구워진 동그랑땡
콘크리트 바닥에 동전처럼 굴러간다

아쉬워하는 눈빛들이 한데 모이다
다시 흔들리고
여기저기 매달린 현수막도 바람에 흔들리고
빌딩숲 사이로 썰물처럼 빠져 나가는
수많은 사람들의 마음도 흔들릴까?

흔들리며 비틀대며 겨우 유지되는 세상
소소한 바람에 흔들리는 것들
낙엽처럼 사라지고
납작 엎드린 비닐 천막 속에서
고단한 사내들 코골이 소리 처연하다

— 조혜영, 「풍경 1」 전문

제삿날
엄마의 영정 사진 볼을 쓰다듬다 멈춘
지문 따라
엄마가 간지럽다며 웃으신다

입술을 문지르자
밥은 먹고 다니느냐며 침을 꿀꺽 넘기신다

파마머리에 손을 얹자
내 새끼 내 새끼
손을 꼭 잡는다

눈을 마주치자 껌벅거리며
그래도 참고 살아야지 어쩌냐며
몇 년째 오지 않는 사위를 찾는다

— 조혜영, 「제삿날」 전문

중국 명나라 말기 문인 홍자성은 채근담에서 밥에 대해 이렇게 말하고 있습니다.

"탐욕의 시장기 도는 거리에 서면, 도처에서 손짓하는 더럽고 부끄러운 밥이야 많지만, 육신의 배부름 하나를 위해 차마 영혼을 팔 수 없는 일이다. 깨끗하고 떳떳한 밥 한 숟갈을 먹어도 마음 편히 살로 갈 밥이 아니면, 차라리 맹물에 슬픔을 타 마실지언정 무릎 꿇고 비굴의 혓바닥을 내보일 수야. 사람으로 태어나서 어디 가서 무얼 한들 밥이야 굶으랴만, 한 끼 밥을 먹어도 땀 흘려 거두고 눈물 섞어 빚은 밥을 먹을 일이다."

홍자성이 지금 현재 이 사회의 악다구니 삶에서 우리와 함께 호흡하고 있다면 밥에 대하여 위에 언급한 말 대신 조혜영 시인을 보라고 단언할 것입니다. 조혜영 시인은 온몸으로 노동을 하고 온몸으로 시를 쓰는, 몇 안 되는 시인입니다.

온몸으로 땀 흘려 노동을 한 자만이 땀으로 만든 부끄럽지 않은 건강하고 정직한 밥을 짓고, 온몸으로 노동을 하며 시를 쓰는 시인만이 부끄럽지 않은 땀이 밴 건강하고 정직한 시를 세상에 내놓을 수 있습니다.

시인은 시「밥」에서 그것을 증명하고 있습니다. 시「밥」에는 땀이 아주 흥건히 배어 있습니다. 비록 힘의 논리를 앞세워 온갖 횡포를 일삼는 자본에 밀린 노동자가 되어 거리로 내몰려 있지만, "단식농성 30일차 지회장님/고공아치에 올라 있는 두 노동자/저녁밥을 가

지고 가 인사하니” 또는 “몇몇은 눈 위에 포개진 침낭 속으로 들어
가고/밤새워 농성장을 지키는 몇몇은 드럼통에 둘러 모여/담배를
피우며 언 발을 녹”이는, 정직한 밥을 짓기 위한 그 노동을 쟁취하
려는, 그야말로 다양한 모습의 땀들이 배어 있습니다. 절망의 현실
을 극복해가며 희망의 노동을 쟁취하기 위한 연대의 땀이 배어 있
습니다.

노동과 땀의 소중함을 아는 자는 그것으로 얻은 밥의 소중함도
너무 잘 압니다. 시인은 시「풍경 1」에서 이를 투명하고 절실하게 보
여주고 있습니다. “노숙농성으로 하루에도 수차례씩/눈빛이 돌아가
는” 긴박한, 잠시라도 긴장을 풀 수 없는 노동쟁취의 투쟁 장, 궁극
적으로 건강한 밥을 짓기 위한 투쟁장이기에 더욱 그러합니다. “배
달된 빈 도시락 수북이 쌓인/농성장 한편에서/늙은 노숙자가 고양
이처럼/남은 음식을 골라내”는, “뒤적거리던 나무젓가락 사이로/잘
구워진 동그랑땡/콘크리트 바닥에 동전처럼 굴러가는” 투쟁 장에
서, 먹고 버린 빈 도시락에 남아 있는 동그랑땡을 주워 먹으려다 그
만 흘려버린 노숙자는 물론 그 상황을 직시한 시선들이 흔들리지 않
을 수 없을 정도로 밥의 소중함을 잘 압니다.

이렇게, “흔들리며 비틀대며 겨우 유지되는 세상/소소한 바람에
흔들리는 것들/낙엽처럼 사라지고 /납작 엎드린 비닐 천막 속에서/
고단한 사내들 코골이 소리 처연”한 노동자들의 투쟁 장에서 시인
이 연대하며 시를 짓듯, 시인의 남편 또한 노동을 쟁취하기 위해 투

쟁 장에서 투쟁해야 하는 것이 오늘날 노동자의 현실입니다.

그러하기에 이미 고인이 된 시인의 엄마까지도, 시「제삿날」에서 "제삿날/엄마의 영정 사진 볼을 쓰다듬다 멈춘" 시인에게 "그래도 참고 살아야지 어쩌냐며/몇 년째 오지 않는 사위를 찾으"며 노동자인 사위의 노동쟁취 투쟁에 심정적으로 깊이 연대하고 있습니다. 노동의 땀으로 만든 부끄럽지 않은 건강하고 정직한 밥을 짓기 위한 투쟁에 연대하고 있습니다.

● 리얼리스트100 카페, 2016년 10월 31일

연(蓮), 지극히 인본적이고
민중적인 삶을 발굴하다
— 박영환 사진집 『연연(蓮緣)』

　연(蓮)은 더러운 연못에서 깨끗한 꽃을 피운다 하여 예로부터 선
비들은 물론 민중들의 사랑을 받아왔다. 처염상정(處染常淨), 더러운
곳에 머물더라도 항상 깨끗함을 잃지 않는다는 이 말은 진흙탕 속에
서 피어나지만 결코 더러운 흙탕물이 묻지 않는 연꽃을 상징한다.

　불교에서는 연꽃이 속세의 더러움 속에서 피되 더러움에 물들지
않는 청정함을 상징한다고 하여 극락세계를 상징하는 꽃으로 여기
고 있다. 극락세계를 '연방(蓮邦)'이라 하고, 아미타불의 정토에 왕
생하는 사람의 모습을 '연태(蓮態)'라 표현한다. 부처가 앉아 있는
대좌를 연꽃으로 조각하는 것도 이러한 상징성에서다.

　이처럼 신성시 한 연에 대한 선입관과 선입견, 학습 때문인지 그
동안 보아온 연을 대상으로 한 사진 작품들 대개가 연의 고아한 자
태를 앞세운 이미지화에 주력해온 작품들이었다. 그러나 박영환 작
가의 사진집 『연연(蓮緣)』에 등장하는 작품들은 연의 고아한 자태를

거의 앞세우지 않고 있다. 대신 고아함에 가려 있는 처절할 정도로
치열한 삶을 발굴해 내었다.

연의 생을 삶 그대로만 본다면, 제 아무리 진흙탕 속에서 피어나
지만 결코 더러운 흙탕물이 묻지 않는 연꽃이라 해도, 꽃과 연잎을
받쳐주고 있는 뿌리는 진흙 속에 그 근본을 내리고 있으며 연잎 또
한 흙탕물에 제몸을 부려 흙탕물과 더불어 살아가고 있다. 그뿐인
가. 때가 되면 연꽃도 반드시 시들고 마르고 낙화한다.

선비들의 시각이 연꽃을 사랑했다면, 민중들의 시각은 그에 못
지않게 연의 뿌리와 연잎을 사랑했다. 그동안 보아온 연에 대한 사
진 작품들이 선비들의 시각으로 접근한 작품들이라면, 박영환 작가
의 사진집 『연연』에 등장하는 작품들은 민중들의 시각으로 접근한
작품이다. 따라서 생명력이 있다. 사실적이다. 꾸밈이 없다. 명징
하다. 연이라는 신본적인 사물 속으로 깊숙이 파고 들어가, 그 깊은
곳에서 지극히 인본적이고 민중적인 삶을 캐내었다.

화려하지 않은 순백의 평범한 연꽃, 꺾이고 잘려나간 꽃대들, 상
처 입은 연잎들을 함께 담은 작업 「연꽃050」, 온갖 세파에 긁히고
찢기고 상처 나고 노쇠해 보잘것없어 보이는 연잎을 자세히 살핀
작업 「연꽃045」 등은 사진 작품으로는 생소하나, 너무나 익숙한 우
리 민중의 모습이어서 참으로 반갑다.

말라버리다 못해 부스러져 가느다란 줄기만 앙상하게 남은 연잎
을 세밀하게 포착한 작업 「연꽃195」, 물기 하나 없이 말라 오그라

져 눈과 얼음 속에 묻혀 일심동체가 된 연잎 등을 담은 작업 「연꽃
089」, 「연꽃 011」 등은 보는 이로 하여금 한없이 경건하게 하며 동
시에 수많은 것을 느끼게 한다.

　자신의 작품 활동에 대해 "단순히 즐거움을 추구하는 취미를 위
하여 한 번뿐인 인생, 많은 고민과 시간을 사진에 낭비하고 싶지 않
다."고 단호히 선언한 작가의 예술혼이 얻은 당연한 성과다. 이제까
지 만나지 못했던 남다른 박영환의 감동적이며 가슴 벅차고 아린
훌륭한 작품들을 만난 건 내 생애 큰 행운이다.

● 박영환 사진집 『연연(蓮緣)』 발문, 포토닷, 2018

세월호여! 너를 그만 잊자 하는구나

수장된 지
1년이 지났다고
2년이 지났다고
3년이 다 되어온다고.

진도 팽목항 앞바다
막막하고 캄캄한 심해탁류 속에
아직도
너는 깊이 잠겨 있는데

권력의 탐욕 속에
역사의 거짓 속에
아직도
너는 깊이 잠겨 있는데

이 땅의
특수고용 비정규직 노동자
혹사당한 주검 되어
너는 깊이 잠겨 있는데

잠겨 있는 세월호여! 너를
불순불온
좌경용공
종북세력 빨갱이라며

세상은
덧없는 세상은
피로하다고
이제 그만 너를 잊자 하는구나.
　　　　　　　— 정세훈, 「세월호여! 너를 그만 잊자 하는구나」 전문

　자본과 권력의 결탁으로 바다에 수장된 세월호의 침몰은 자본과 권력에 혹사당하고 있는 이 땅의 비정규직 노동자의 삶과 같다. 비정규직 노동자가 살아가기 위해 어쩔 수 없이 연장, 특근, 휴일 노동 등 수난을 당하듯, 20년이 한계였던 세월호의 노동력은, 자본과 정권과 관료에 의해 30년으로 늘어나고 수난과 증축이라는 수난을 동시에 당했다.

　택배 특수고용 노동자가 할당량을 무리하게 배정받듯, 과적된

화물들은 세월호가 감당하기에는 너무나 무겁고 버거운 짐이었다. 병든 비정규직 노동자가 제때에 제대로 진료를 받지 못하듯 고장 난 세월호의 부품들 또한 제때에 제대로 정비를 받지 못했다. 가난한 비정규직 노동자가 최소한의 생계비마저 착취당하듯 노쇠한 몸이 버틸 수 있는 최소한의 평형수마저 착취 당했다

비정규직 노동자가 사랑하는 가족을 가슴에 품고 막막한 노동판에서 병들어 죽어가듯, 세월호는 사랑하는 우리의 꽃다운 어린 생명들을 가슴에 품은 채 망망한 바다에 수장된 것이다. 심해 바닥 깊이 수장된 이러한 진실들이 모두 인양되어 세상에 밝혀진 후에도 우린 세월호를 두고두고 결코 잊어서는 안 된다.

● 한국작가회의 자유실천위원회, 『꽃으로 돌아오라』, 푸른사상사, 2017

이 새로운 삼월에

다시, 새로 오는 삼월이다.

겪고 나면 간혹 현재보다 못했다는 생각이 들 수도 있겠지만 새로이 다가온다는 것은 무엇인가 다름이 있으리라 우선 생각이 들기에 기대가 되는 것이다. 그렇다고 무턱대고 기대에만 가득 찬 기다림보다는 다시 오는 삼월을 아늑하게 맞이할 수 있는 따스한 봄 마음을 한껏 내 가슴에 마련하고 싶음은 단지 계절 탓일까.

공장 폐수처리장 옆, 세 평 남짓한 크기의 작은 화단에 봄바람이 스쳐갔나 보다. 눈이 유난히 귀했던 지난겨울 동안 더욱 가늘어진 개나리 가지가 잠시 흔들리는 것을 보니.

어제 온종일 하늘이 흐려 있더니만 오늘은 아침부터 부슬부슬 비가 내린다. 이렇게 힘없이 내리는 봄비가 만물을 소생시키는 생명수의 역할을 한다니 자연의 섭리를 내 어이 감히 내다볼 수 있는가!

이런 날에는 사색이고 상념이고 간에 정서 면에서는 담을 쌓고 살아오다시피 한 나도 어쩔 수 없이 마음이 흔들린다. 그 흔들림은 마치 봄꽃 만발한 봄 동산을 마주한 산골 코흘리개 소년의 그것과 다름이 없는 사뭇 심각한 부류일 것이다.

공장 내 식당에서 점심을 먹는 둥 마는 둥 하고 용변을 보고 난 김에 삽살개처럼 화장실 뒤 켠 처마 아래에 내 몸을 세워 두었다. 작업 개시 시간이 오후 한시 반이니까 앞으로 족히 삼십 분간은 이렇게 홀가분한 마음으로 서 있을 수 있다.

마치 원한에 사무쳐 눈을 못 감고 죽은 망자처럼 희멀건희 누워 있는 폐수처리장 안의 폐수에, 몸을 스스로 사르는 촛불인 양 작고 해맑은 봄비 방울들이 한없이 떨어져 사라진다. 무슨 말들인가 하고 싶은 말들을 폐수 위에 작은 파문으로 흐트러 놓으면서.

봄비가 산화하는 폐수 위의 파문을 바라보자니 며칠 전 샛강에 한 줌의 재로 뿌려진 A가 생각난다.

그는 두메산골에서 중학교를 졸업하자마자 돈을 벌어 가난을 물리치겠다고 어린 나이에 소년공으로 공장생활을 시작한 청년이다.

열대여섯 살 정도의 그를 처음 만났을 때 나는 이십 세 정도의 어엿한 숙련된 공장 노동자의 모습으로 변신해 있었다.

동기로 보나 상황으로 보나 하도 그가 나와 비슷한 처지로 객지에서 공장생활을 시작하는 것 같아 짐 싸들고 고향으로 다시 내려가 공부를 더 하라고 충고를 해주었던 기억이 새롭다. 어쨌건 그와

나는 그 이후 남남으로 만났지만 피를 나눈 형제처럼 가깝게 지내
왔다.

약 오 년 전쯤의 일인 것 같다. 그가 결혼을 하고 얼마 안 되었을
때의 이야기다.

주인집과 부엌을 같이 사용하는 방 한 칸을 얻어 신접살림을 차
린 그가 내게 하소연을 하러 왔다.

말인즉, 사랑스러운 아내의 부엌일의 설움에서 시작하여 사소한
화장실 사용권 등등은 접어두더라도 신혼부부의 부부생활에까지
제법 심각하게 언성을 높이기에 "아예 장롱으로 방음장치를 설치하
듯 안채로 통하는 방문을 가려 버리라."는 말로 그의 쓰라림을 달래
주었다.

이제까지 그는 이런 식으로 날 만나러 왔고, 나는 그보다 먼저 겪
어온 내 경험을 그의 생활고에 대한 치유책으로 전해주었다. 또한
그때마다 울컥 치미는 홧김에, 함께 안주도 없이 소주잔을 기울여
대곤 했다.

몇 개월 전, 낙엽이 폴폴 떨어지던 가을날 나는 그의 집에 가서
사람 사는 참다운 맛을 모처럼 느낄 수 있었다. 그가 인천 어느 구
석지에 십오 평 정도의 연립주택을 장만했다고 연락이 왔는데 그때
나는 내 일처럼 감격과 흥분을 감추지 못했다. 내 집 마련을 위해
어린 나이에 혼자 시작하여 결혼 후에는 부부가 맞벌이까지 한 고
달픔과 정성의 대가였다.

그에겐 어린 두 딸이 있다.

그날 그는 나에게 자랑삼아 이렇게 말했다.

"형님, 이제 부러운 것 하나두 없수. 토끼들처럼 귀여운 저것들 허구 암소처럼 사랑스러운 마누라 허구 두 다리 쭉쭉 뻗고 잘 수 있는 이 집이 있으니께유."

그는 행복해 했고 그의 부인도 마냥 행복해 했다. 그날 나는 집으로 돌아오는 길에 모처럼 인생의 참맛을 알게 하신 하나님께 감사를 드렸다.

아! 그랬던 그가 소위 직업병이라 하는 중금속에 중독이 되어 끝내 그 중독을 풀지 못하고 며칠 전에 이 세상을 뜨고 말았다.

삼십대의 불타는 열정도 끈끈한 삶도 송두리째 짊어지고 유유히 흘러가는 강물을 따라 너른 바다로 떠나갔다.

새봄이 오면 자기네 가족, 우리 가족 어우러져 가까운 야외로 함께 봄나들이 한번 가보자 하던 그가, 풀꽃에 싱그럽게 묻혀 딸아이들과 부인과 봄노래 불러보고 싶다던 그가, 삼월 초봄 부실거리며 내리는 이 봄비마저 맞이하지 못하고 너무나도 일찍 죽었다. 끈끈하면서도 촉촉한 여운을 내게 남겨 놓은 채, 기록되지 아니할 한 줄의 사연을 홀연히 싸 안고 아직은 아픈 우리의 역사책 속으로 죽어갔다.

이 새로운 삼월에 우리의 어느 곳에서건 무엇인가 달라지고 있을 것이다. 폐수처리장 옆에서 지독한 화공약품 냄새를 맡아가며

피어나는 저 한 그루의 어린 개나리처럼, 힘들고 어렵더라도 밝고
환하게.

　그러나 A처럼 죽어가는 지난하고 아픈 삶들이 우리의 도처 도처
에 깔려 있음을 나는 이 힘없이 내리는 봄비를 바라보며 부끄럽게
도 잠시 마음 아파하고만 있을 뿐이다.

비 막이 하나
걸치지 못한
폐업 공장
폐기물 야적장.

버림받은 낡은 기계들
이슬비에 젖어
녹물 흘리는
이른 봄 저녁나절.

버린 듯이,
그 누가 심어놓았나
스멀스멀
녹물 스며드는 자리에

아기개나리 한 그루
샛노랗게

샛노랗게
개나리꽃 피웠네.

— 정세훈 「아기 개나리」 전문

● 『품질관리분임조』, 1989년 3월

푸른 하늘

　시뻘겋게 히터가 달아오른 건조로에서 전자석선이 끊임없이 코팅되어 만들어져 나오고 있다. 나는 건조로에 연결된 찌그러진 배기부의 연통 틈 사이에서 시너 등 유해성이 강한 화공약품이 휘발되면서 분출되는 지독한 매연을 조금이라도 적게 마시기 위해 한동안 억지로 숨을 참았다가 몰아쉬어야 했다.

　이러한 작업 환경에서 어언 20여 년을 버티어오며 입에 풀칠하고 있지만 지독한 악취와 분진은 아직도 여전히 매일매일 새롭게 나를 괴롭히고 있다.

　돌아가는 환풍기의 날개 사이로 손바닥만 하게 보이는 푸른 하늘은 언제 보아도 나의 희망이다. 내가 공장 작업장에서 일하고 있는 동안 자연스럽게 하늘을 내다볼 수 있는 유일한 틈바구니는 연기와 냄새와 먼지와 분진을 밖으로 열심히 토해 내고 있는 벽에 걸린 조그마한 환풍기의 날개 사이뿐이다. 왜냐하면 건조로 열의 손실을 최대한 막기 위해 겨울, 여름 가릴 것 없이 창문을 꼭꼭 닫아놓았고, 침투된 햇볕이 전자석선에 닿으면 색상 불량이 되기에 창문마다 하얀 모조지로 발라놓았기 때문이다.

어제 온종일 날씨가 흐려서 행여나 하고 단비를 기다렸는데, 끝내 비는 내려주지 않고 새벽같이 갠 오늘은 명경처럼 청명하다. 평상시 같으면 이렇게 맑은 날이면 으레 기분도 덩달아 좋아졌겠지만 오늘은 그렇지가 못하다. 겨울 가뭄이 봄으로 이어져오는 판에 단비가 내려주지 않았음도 이유에 들겠지만, 요 며칠 동안에 또 한 번 뒤틀린 우리의 심사를 접했기 때문이다.

사흘 전, 정확히 기록하자면 1989년 2월 27일, 세계 10대 경제대국이라는 우리나라의 수도 서울, "하늘엔 조각구름이 떠 있고 강물엔 유람선이 떠 있고 원하는 건 무엇이든 얻을 수 있다."는 우리의 서울에서 일어난 사건이다.

밝게 꾸며진 김포공항 입구의 살짝 뒤편, "공항동 어느 지하 셋방에서 가난하고 찌든 생활로 마음에 상처를 입은 양순미 양 등 어린 네 자매의 지살기도가 있었다."고 신문과 방송은 만인에게 알리고 있었다. 슬픈 소식이기에 앞서 충격이다. 참으로 마음도 아프고 부끄러운 노릇이다.

한 그루의 나무를 찬찬히 살펴보면 햇볕을 많이 받는 쪽의 가지가 그렇지 못한 반대편 쪽의 가지보다 잘 자라 있다는 것을 알 수 있다. 나무를 보고도 알 수 있듯이 우린 밝은 쪽과 어두운 쪽을 쉽게 판별할 수 있다.

나무는 그늘을 만든다. 그 그늘 밑에서 자라는 풀들은 가늘고 연약하다. 그러나 나무는 그늘을 하루 종일 만들진 않는다. 태양이 이동함에 따라서 거두어들일 줄도 안다. 연약한 이름 없는 잡풀에도 햇볕이 닿는 시간이 있어야 한다는 것을, 우린 이러한 자연의 섭리를 보고 이미 배워왔다.

어디에도 그늘은 있게 마련이다. 그러나 그 어두운 그늘은 오래도록 놔두어선 안 된다. 드리워진 그늘은 한시라도 빨리 제거할수록 좋다.

우리가 사는 이 사회의 그늘은 어느 한 사람이 만들어놓은 것이 아니다. 우리 모두가 은연중에 합세해서 만들어놓은 것이다. 그런데도 막상 구석진 그늘이 들춰 보이면 내가 만든 그늘이 아니라고 너 나 할 것 없이 외면해 버린다.

어디 우리 주위에 양순미 양과 같은 아픔을 가진 사람이 한둘이던가. 무수히 보아왔으면서도 내 그늘 밑에서 일어난 일이 아니라며 모두가 발뺌을 해왔다.

그런데 사람들이 이번에는 사건 후 3일이 지난 오늘 아침까지 법석을 떤다. 방송과 신문에 연일 각계에서 관심이 깊다는 소식이 전해온다. 아니 깊다기보다는 많다는 표현이 옳을 게다.

관심이 깊든 많든 나무랄 것은 못 된다. 오히려 평범한 한 사람으로서, 나는 정말 고맙게 생각하고 감사한 마음도 간절하다. 그러면서도 마음 한구석이 찜찜한 것은 어인 노릇일까.

이번 사건처럼 만인이 알게 된 슬픔에 대해선 관심들이 이토록 많으면서도, 남이 알지 못하는 사이에 홀로 당하여, 물에 녹아드는 소금 알갱이처럼 흔적도 없이 역사의 뒷마당으로 사라져가는 또 다른 수많은 슬픔에 대해선 알고 있으면서도 모르는 체 외면하는 우리들의 심사를, 이 사건으로 인하여 또 한 번 접하게 되다니 안타깝다.

뒤틀려도 너무 뒤틀린 우리의 심사를 어떻게 똑바로 교정할 수 있을까? 혹여, 양순미 자매들을 앞세워 이해타산을 따지듯 자기선전 효과를 노리는 구실로 이용하지 않았나 우리 모두 가슴에 손을 얹고 잠시 생각해볼 일이다. 만에 하나 그러한 맥락에서 가진 관심이었다면 양순미 양보다 우리 모두가 더 슬픈 처지이다.

사랑하는 형제들이여! 제비 다리 분질러 놓고 억지로 치료해주는 막된 놀부의 심사를 우리 모두 고전의 한 토막 웃음거리로만 삼지 말자. 햇볕을 나누어 가질 줄 아는 한 그루의 나무에서, 고전의 한 토막에서 교훈을 얻은 대로 이제는 내가 만든 그늘을 거두어들이자. 해서 하루하루가 모든 이에게 똑같이 밝은 날이 되게 하자.

공장 창밖에 해가 웬만큼 차올랐는가 보다. 돌아가는 환풍기의 날개 사이로 한 줄기 햇살이 비집고 들어와 따사로운 밝은 점 하나를 작업현장 한구석에 만들어놓았다. 그 한 줄기 햇살을 타고 밖으로 빠져나가는 수많은 먼지들이 내게 이렇게 외쳐댄다. "그늘을 만들기는 쉬워도 드리운 그늘을 거두기는 쉽지 않다."

그러나 우리에게 희망은 있다. 어떤 동기에서건 일단은 양순미 양의 구석진 슬픔에 우리가 이렇게 관심을 보였다는 사실은 희망적이다. 마치 환풍기의 날개 사이로 손바닥만 하게 내다보이는 푸른 하늘처럼 작게나마 우리의 앞날에 희망이 보인다.

이 희망은 당장은 부족하겠지만 언젠가는 진정한 '푸른 하늘'로 우리에게 좋은 결실도 맺게 할 것이다.

보았다
하늘을 보았다
구름은 끼어 있지만
온통 끼어 있지만

그 구름에
줄기줄기 비도 내리고 있지만
보았다
하늘을 보았다

구름 낀
저 하늘에서

비 오는
저 하늘에서

기어이 기어이
구름밭을
일구어내고야 말
하늘을 보았다.

— 정세훈, 「하늘을 보았다」 전문

● 계간 『실천문학』 가을호, 1989

너 죽고 내 눈 뜬들 무슨 소용 있느냐

끼니는 거르지 않고 제때에 잘 찾아 먹고 있는지, 이불을 차버리고 자던 그 잠버릇은 아직도 고쳐지질 않았는지, 혹시나 아픈 곳은 없는지, 자식을 객지로 떠나보낸 어버이는 가슴을 조이다 못해 편지를 띄운다. 그리고는 이제나저제나 답신이 오기를 기다린다.

이렇게 몇 날 며칠을 기다려야 알아낼 수 있었던 자식 소식을 이제는 전화기 버튼 몇 개만 누르고 나면 금방 알 수가 있다. 지천에 굴러다니는 게 자동차라서 발 부르트게 고생하며 걸을 필요도 없다. 상가에는 한 집 건너 하나 있다시피 각종 음식점들이 즐비하게 늘어서 있어서 가진 돈만 있으면 그야말로 편리하고 배부른 세상이 되었다. 한데, 그럼에도 불구하고 사람들은 버릇처럼 내뱉는다. "가면 갈수록 살아가기가 힘들어진다"고.

사소한 주차 시비 끝에 재판까지 걸고 그 재판이 불리하게 전개된다 하여 벌건 대낮에 권총을 치켜들고 상대방을 쫓아다니면서 난

사를 한다.

차림새가 좀 초라하고 남루하다 해서 촌놈이 무슨 술을 먹으러 왔느냐는 식으로 문전 박대를 하고, 그런 대접을 받았다 해서 아무런 거리낌도 없이 공공장소에 불을 질러버린다.

취직 하나 제대로 아니 되는 이 아니꼬운 세상, 나 혼자 자살하기에는 억울하니 몇 사람 목숨 끊어놓고 자살해야겠다며 불특정 다수가 모여 있는 장소에 훔친 자동차를 몰고 달려든다.

보증금 일백만 원에 월세 십만 원짜리 월세방을 살면서 월 불입금 십오만 원에 육십 개월짜리 고급 승용차를 굴리고 다닌다. 그러다가 멀쩡한 직장 집어치우고는 사람을 납치하여 몸값을 요구한다.

산업현장에는 기업가와 노동자와의 뿌리 깊은 반목이 끊이지 않는다. 노동자들은 "우리가 피땀 흘려 일해서 이 정도 키워놓았으니 이제는 분배를 좀 해야 마땅하다"고 주장하고 있다. 반면 기업가들은 기업가들대로 "무슨 당치도 않는 소리를 하고 있느냐? 이건 어디까지나 내 자본에 의한 것이다."라며 뉘 집 개가 짖어대고 있느냐는 식이다. 거기에다가 설상가상으로 정부는 " 까불지들 마라, 나의 경제성장 우선주의 정책 때문이었다."고 동문서답 하듯이 끼어든다.

모두가 자기주장 일색이고 자기중심적이며 움켜쥐기에 급급하다. 상대방은 이미 안중에도 없다. 나만 잘 먹고 잘 입고 잘 쓰면 그만이다. 그저 배타적이다. 그러면서 걸핏하면 사회 분위기가 어쩌

고저쩌고 하면서 사회를 탓하며 걸고 넘어진다.

그렇다면 사회의 이 분위기는 누가 만들어놓았단 말인가. 하늘에서 굴러떨어졌단 말인가. 아니면 땅속에서 솟아나기라도 했단 말인가.

생각하건대, 이 사회가 이 지경이 되기까지에는 실종되어버린 우리들 모두의 양심에서 비롯된 것이 아닌가 싶다. 이 양심조차도 이제는 하나의 귀금속이 되어버렸는지, 제각각 자기만 아는 곳에 꼭꼭 숨겨놓고 내놓을 줄을 모른다.

그래서 뜻있는 사람들은 이러한 현 세대를 걱정한 나머지 '양심 비상대책'이라도 세워야겠다고 절규하는가 하면, 교육 일선에 있는 교사는 학생들에게 어떻게 가르쳐야 할지 난감하다고 넋두리를 늘어놓는다. 양심적인 인간이 되기를 가르치자니 사회에서 돈 없고 바보스러운 낙오자가 되겠고, 비양심적인 인간이 되기를 가르치자니 인간성 회복에 오점을 남길 것 같다며.

우리는 딸 심청이와 아버지 심학규가 등장하는 고전 심청전에 대하여 이미 잘 알고 있다. 심청이가 왜 그리 뭇 사람들이 놀라워하는 효도를 할 수 있었는가. 물론 천성적으로 마음이 착하고 아름다웠기 때문일 수도 있다. 그러나 아버지 심봉사가 없었던들 청이가 그토록 극진한 효도를 할 수 있었을까?

"청아! 네가 살고 내 눈 뜨면 의당하지만, 너 죽고 내 눈 뜬들 무슨 소용 있느냐?"

이렇게 인당수로 떠나는 딸의 치맛자락을 붙잡고 울부짖는 심학규의 이 양심이 없었던들 과연 신의 도움이 있었을까? 아마 심학규가 양심을 저버리고 자신의 눈뜨기에만 정신이 팔려 있었다면 아무리 청이의 마음이 착하다 해도 끝내 신의 마음을 움직일 수 없었으리라.

이러한 양심의 샘물은 나보다는 상대방의 입장이 되어주는 데서 나온다. 상대방의 아픈 처지를 눈여겨보고 그 아픔을 어루만져 주는, 이를테면 상대방을 사랑하는 마음에서 나온다.

우리들 마음속엔 지금 이 사랑이 고갈될 대로 고갈되어 있다 해도 과언이 아닐 듯싶다. 이 고갈된 사랑을 한시바삐 키우기를 노력해야겠다.

"사랑이 무슨 물건이라도 되는 것이냐, 키우게? 마음속에서 저절로 우러나와야지."

이렇게 반문할지 모르지만 도산 안창호 선생은 이렇게 일렀다 하지 않았는가, "사람의 감정은 노력하면 노력할수록 풍성해지고, 커지고, 높아진다"고.

그렇다. 사랑도 하나의 나무와 같아서 아무리 그 싹이 노랗게 병이 들어 있더라도 열심히 물을 주고 거름을 주고 약을 치며 정성껏 보살펴주다 보면 어느 시기에 가서는 반드시 꽃이 피고 신실한 열매도 맺게 될 것이다.

그러나 서로가 서로 간에 가로놓여 막혀 있는 장벽을 허물어버리는 그 존경심이 없이는 이 사랑의 나무를 결코 키울 수가 없다. 우리들의 가슴속엔 지금 이 장벽이 너무나도 길게 그리고 높이 가로놓여 있다.

이런 이야기가 있다. 최고의 학부를 나온 대학교수와 학교라곤 문턱에도 가보지 못한 석수장이가 함께 북극 탐험길에 나섰다. 이 사회에선 상대적으로 어울릴 수 없었던 두 사람의 처지가 그곳에서 판이하게 달라졌다 한다.

죽음의 곳! 살을 에는 위협적인 강추위와 두께 1,400미터나 되는 얼음덩어리와 만년설, 그리고 초속 40미터로 불어닥치는 눈을 동반한 폭풍! 그곳의 그 절박한 상황에선 교수와 석수장이 사이에 가로놓여 있던 그 장벽은 무너지지 않으려야 않을 수가 없었으리라.

사회에선 석수장이가 교수를 부러워하고 존경했지만 북극에선 오히려 힘세고 단단하고 건장한 석수장이를 교수가 부러워하고 존경하게 되었다. 마침내 둘은 얼싸안고 서로 존경한다고 몇 번이고 소리쳤다 한다.

이처럼 사람은 누구나 존경받을 수 있고 사랑받을 수 있는 독특한 상호보완적인 남다른 그 무엇을 지니고 있다. 따라서 보잘것없는 사람이란 없다. 지극히 평범한 진리인데도 우린 애석하게도 이러한 극한 경험을 치르고 나서야 가까스로 깨닫는다. 그 전에는 까마득히 모른다. 아니 알고 있더라도 그냥 지나쳐 버린다.

 황금만능주의! '편리하고 배부르기만을 요구하는' 이 산업사회에 홀려서. 그러기에 가면 갈수록 살기가 힘들어지는 것이 아니겠는가. 지금, 저 가로수 은행나무들은 이 겨울로 가는 길목에서 저리 훌훌 묵은 옷을 벗어 던져버리고 있지 않은가.

 나는 보이지 않는데
 시퍼렇게 눈을 뜬
 나는 보이지 않는데
 보인다고 정말 보인다고
 연신 고개를 끄덕인다

 눈 감은 세상처럼

 남북으로 눌러앉은
 백령도와 장산곶 사이
 속내를 알 수 없는 깊은 바다

 심청이가 공양미 삼백 석에 팔려
 몸을 던진 인당수를
 볼 수 있다는
 백령도 진촌리 심청각 전망대

 관광 온 시각장애인들

인당수의 위치를 설명하는
안내자의 말에 따라
보인다고 정말 보인다고
연신 고개를 끄덕인다

부녀 상봉 황궁잔치가 보인다고
아버지의 눈을 씻는
청이의 옥수가 보인다고
눈을 번쩍 뜨는 심학규가 보인다고
청이 부녀의 이야기에
황궁잔치 시각장애인들 모두

함께 눈 뜨는 세상이 보인다고

　　　　　　　　　　　　　— 정세훈, 「눈 감은 세상」 전문

● 『금형저널』, 1991년 12월호

겨울은 결코 여름보다 춥지 않다

겨울은 춥다. 여름보다 춥고 봄보다 춥고 그리고 가을보다도 춥다. 이 추운 겨울날을 우린 어떻게 견디어낼 것인가. 지금 걸치고 있는 옷보다 더 두꺼운 옷으로 바꿔 입을 것인가. 아니면, 겹치기로 껴입을 것인가. 그도 아니면 아예 군불 땐 아랫목에서 솜이불을 뒤집어쓰고 움츠리고 앉아 있을 것인가. 화력 좋은 최첨단 신형 가스난로 옆에 두 다리 옹그리고 빙 둘러앉아 대책 없는 서로의 얼굴들만 먼 산 바라보기로 마주 보고만 있을 것인가.

올겨울 들어 비교적 포근한 미소를 보내던 날씨가 12월 중순에 접어들면서 서서히 심술을 부리기 시작하더니 급기야 겨울 특유의 본색을 드러내 미처 예비하지 못한 우리들 속 좁은 마음들을 한없이 뒤흔들어놓고 있다. 빙점에서 왔다 갔다 하던 기온이 섭씨 영하 10도 안팎으로 뚝 떨어져 빙점의 균형을 깨트려놓았다. 거기에다가 눈이 내리고 험한 북풍까지 몰아쳐 그 눈을 빙판으로 만들어놓았

다. 설상가상으로 'UR협상—쌀 수입개방'이라는 냉혹한 외교 한파
까지!

　직장 소재지가 있는 서울 종로 혜화동에서 조금 전 이곳 인천의
부평역 앞 내 집이 있는 청천동으로 가는 버스정류장까지 오는 동
안 나는 전철이 터져 나가도록 꽉 찬 전철 안 사람들 틈에 끼여, 지
금 우리들이 맞이하고 있는 이 겨울과 겨울을 맞이하고 있는 우리
들의 모습을 잠시 머리에 떠올려보았다.

　낮에 내린 눈들이 수은주가 갑자기 뚝 떨어진 기온에 꽁꽁 얼어
붙어 빙판을 이루고 있으며 사람들은 하나같이 잔뜩 어깨를 움츠리
고 그 빙판 위를 종종거리며 아슬아슬하게 가고 있다. 마을버스에
오르자 차내 라디오에서 흘러나오는 "오늘 밤 전국적으로 폭설이
내릴 것"이라는 9시 뉴스 진행자의 음성이 시린 내 귓전에 와 부딪
힌다. 문득, 요 며칠 사이 우리 주변에서 일어났던 몇 가지 일들이
떠오른다.

　쌀 수입 개방에 대한 실정의 책임을 대국민 성명을 통해 사과하
던 대통령의 모습과 '수입 개방 불가'라는 원칙을 세우고 떠났던 외
교 협상자들의 협상 실패 후의 축 처진 모습들!(모 일간지는 귀국을 앞
둔 그들의 모습을 '사지로 귀국하는 특사들'이라고 표현했다.) 하루아침에
모든 재산을 도둑맞은 듯한 표정의 농민들과 '쌀 수입 개방 절대 불
가'라는 구호를 외치며 시위하는 관련 단체들과 대학생들의 모습!
문책의 차원에서가 아니라 질책의 차원에서 총리를 경질하고 곧 조

각의 수준에 이르는 개각이 있을 거라는 소식도 들려온다.

그리고, 어느 산간 마을에서 희귀종 독수리가 탈진 상태로 발견돼 사람들로부터 극진한 보살핌을 받고 있다는 이야기! 그 독수리가 사람들이 잡아준 생닭을 먹고 원기를 회복했다는 이야기 등등.

우리들은 이미 혹독한 겨울을 살고 있다. 사과 성명도 좋고, 자책도 좋고, 시위도 좋고, 갈아치움도 좋다. 혹독한 겨울 앞에 당당하기 위함이라면.

하지만 왜 이리 개운치가 않단 말인가. 사람 아닌 희귀종 독수리는 이 겨울 추위와 기근의 주검 직전에서 사람들의 보살핌으로 생닭 먹고 기운을 차렸다는데, 우리들 사람들은 희귀종이 못 되고 너무 흔해 빠져서인가, 이 겨울 이렇게 떨고 있는 것은.

이제 우리 두꺼운 옷, 껴입은 옷, 아랫목 솜이불, 최첨단 난로를 박차고 일어나 가슴의 문 활짝 열고 북적대는 시장통에 나가보자. 그리하여 이래저래 추운 이 겨울날을 이겨내보자.

겨울은 결코 여름보다 춥지 않다.

얼굴이 온통 주름투성이인
깡마른 할머니가

시장통에
좌판을 꾸려놓았습니다.

손바닥만 한 골판지 한 장
깔아놓고서

찐 고구마
댓 무더기 쌓아놓았습니다.

큰 것은 서너 개씩 작은 것은 댓 개씩
쌓아놓고는

한 무더기에 천 원이라
서툴게 써놓았습니다.

겨울날은 이미 기울어
어두워가는데

서로의 발길에 채여 가는
수많은 사람들은

하염없이 밀려 왔다가는
그냥 지나쳐 갑니다.

— 정세훈, 「시장통」 전문

● 『한솔』, 1992년 12월

반벙어리 린네

내 나이 여섯 살 되던 어느 해 봄날로 기억된다.

산등성이 외딴집 아이였던 난 그날도 토방 끝에 쪼그리고 앉아 있었다. 앞마당을 거쳐 토방으로 기어 들어오는 봄볕을 바라보며 '린네'를 기다리고 있던 중이었다.

린네는 아무 말 없이 내 앞으로 와 등을 디밀었다. 업히라는 거였다.

나도 아무 말 없이 린네 등에 업히었다. 잘 빗어 땋아내린 린네의 긴 댕기머리가 내 얼굴을 간지럽혔다. 난 간지러워 린네 등에 마구 얼굴을 부벼댔다.

린네가 "어부부부!" 하며 웃었다.

나도 "하하하!" 웃었다.

린네는 하루 종일 산과 들을 돌아다녔다. 한쪽 팔엔 나물 바구니를 끼고 또 다른 한쪽 팔로는 등에 업은 나를 추슬러대며.

그날따라 린네는 나물 욕심을 내었다. 잔대와 도라지에도 욕심을 내었다. 날이 어둑해져서야 린네는 끈 가까이 가득 채운 나물 바구니를 들고 집으로 돌아왔다.

집에서 걱정을 하고 계시던 어머니가 린네를 마구 나무라셨다.

린네는 잘못을 빌었다. 자기 집으로 돌아가면서 내 손에 잔대 뿌리를 한 움큼 쥐여주었다.

그날 이후 며칠을 기다려도 린네는 다시 오지 않았다.

내가 어른이 된 후 어느 해 봄날, 불현듯 린네 생각이 나서 어머니께 여쭈어보았다.

린네는 그다음 날 마을에서 사라졌다고 하셨다. 어디로 갔는지 아는 사람이 아무도 없다 하셨다. 그때 린네 나이 열아홉 살이었고, 반벙어리였지만 성품이 꽤나 깔끔했던 소녀였다고 하셨다.

그 말씀을 듣고서야 나는 비로소 그날 잔대 뿌리를 쥐여주던 린네의 눈빛이 젖어 있었다는 걸 기억해냈다.

봄나물

돌짬 돌틈
비집고
사이 사이

얼굴 내밀었구나

못난 듯이

— 정세훈, 「봄나물」 전문

● 『BYC사보』. 1993년 3월

마음의 절름발이

오늘은 주일입니다.

엊저녁 귀가할 때 가랑비가 조금 내렸는데 오늘 이 아침은 구름한 점 없이 맑습니다. 이 맑은 주일 아침을 허락하신 하나님께 감사드리며 11시 주일예배를 드리러 교회에 가기 전 잠시 거실 소파에 앉았습니다. 그리고 소파 옆 책장을 무심코 바라보았는데 고만고만하게 꽂혀 있는 시집들 속에서 한 권의 시집이 눈에 들어왔습니다.

고(故) 나현수 시인의 『작은 새의 나라』!

교회에서 집에 올 적 한화마트에 들러 사 온 아나고 회 한 접시식탁에 올려놓고 막걸리 한 잔 따라놓고 시집 『작은 새의 나라』 속으로 들어갔습니다.

『작은 새의 나라』를 지은 나현수 시인은 스물다섯 살 꽃다운 나이에 예기치 않은 교통사고로 우리들 세상에서 영원히 떠나버린 젊은 문학인이었습니다.

1993년 12월 어느 날, 평소 알고 지내던 선배 시인과 밤늦도록 술과 그리고 시(詩)를 벗하다 서울 현저동 집으로 돌아가던 중 횡단 보도에서 신호를 무시하고 질주하던 택시에 치여 그만 유명을 달리했습니다.

그의 모교인 인천대 문학 서클인 '씨올시문학회' 선후배 동료들이 나현수 시인이 하늘나라로 떠난 후 묶은 유고 시집이 『작은 새의 나라』이지요.

시집이 출간되고 출판기념회가 벌어지던 날, 나는 생전에 그가 나를 좋아했다는 그 이유 하나만으로 그 출판기념회에 불려나가 나 시인과 시인의 시에 대해 잠시 공개적으로 회고한 적이 있습니다. 지난 1994년 어느 겨울날이었습니다.

오늘은 모처럼 다시금 그의 시들에 흠뻑 빠져 그의 짧은 생을 사랑했습니다. 그의 시를 사랑했습니다. 그리고 살아생전 그렇게도 문단에 등단하고 싶어 했던 그의 시편들 속에서 나는 오늘의 나를 부끄러워했습니다.

장애인이었던 그는 늘 다리를 절뚝였습니다. 절뚝이면서 어머니를 사랑했고 세상을 사랑했습니다. 짧은 생 속에서 세상을 위해 울었고, 연인의 사랑에 울어야 했고, 떠나버린 그 사랑들 앞에서 혼자 고뇌하기도 했습니다.

그러한, 나현수 시인의 시편들 중에서 「그대에게 하고 싶은 말」
전문을 전해드립니다.

1. 첫 번째 여인에게
············/············
사랑?
————————————

2. 두 번째 여인에게
ㅅ
ㅏ
ㄹ
ㅏ
ㅇ

3. 세 번째 여인에게
하고 말을 하자
벌개진 얼굴의 나여
친구로 지내자던
그대의 담담함이여

4. 네 번째 여인에게
이라고 말하기 전에

풀어준 그대

어눌한 눈짓
담담한 말
이유 없이 그늘지던 얼굴

5. 다섯 번째 여인에게
그대의 눈빛이 출렁이던 그곳
조롱 속의 새처럼 퇴화된
날개의 눈동자여

오늘은 막걸리 한 잔이 마냥 깊었고 그 막걸리 한 잔이 깊은 만큼 난 나의 오늘이 깊지 않다는 걸 뼈저리게 반성합니다.
나는 지금 이렇게 두 눈 멀쩡히 살아 있지만 '마음의 절름발이'임을 고백합니다.

●『기독선교신문』. 1998년 3월 31일

눈꽃 다발 빙판 사이

어제는 참으로 많은 눈이 내렸습니다. 일어나 보니 순백의 세상이 새 아침을 열어주었지요. 세상모르고 깊은 잠에 취한 내 무지한 잠결을 안타까워하는 그대의 청량한 맘이 밤새 쌓이고 쌓인 듯하여 아침을 맞는 내 맘이 사뭇 부끄러웠습니다.

저녁 퇴근 무렵 평소 가까이 지내는 참벗 이덕수 시인과 모처럼 만나 저녁식사 겸 청하 한두 잔 기울였답니다. 쌓인 눈 덕분에 서로 차를 가지고 오지 않았던 참에 구로공단역 근처에서 만났던 것이지요.

마침 그 시각 주먹만 한 하얀 눈송이들이 식당 밖에 내리고 있었습니다. 그동안 밤사이에 내려 쌓인 눈발만 보아오다가 황혼 무렵에 내리는 눈송이들을 바라보자니 그 모습이 너무나 아름다워 보였습니다.

그 눈송이 송이들을 모아 눈꽃 다발을 만들어 그대에게 전해주고 싶었습니다.

　내리는 눈송이들은 참으로 아름다웠지만 사람들의 발길에 밟힌 눈은 이미 아름다운 눈송이가 아니었습니다. 빙판이 되어버린 그 눈으로 인하여 낭패를 당했습니다.

　이덕수 시인과 저녁식사를 마치고 식당 문을 나서 몇 걸음 옮겼을 때였습니다. 마침 맞은편에서 마주 오던 학생이 빙판에 미끄러져 넘어지면서 마치 축구 경기에서 깊은 태클을 해 오듯이 무참하게 나를 넘어뜨렸습니다.

　전혀 예측하지 못해 무방비 상태였던 난 그대로 앞으로 고꾸라졌습니다. 그리고 오른쪽 광대뼈와 턱뼈를 보도블록에 꽝— 처박고 말았습니다. 너무너무 아팠고 정신이 몽롱했습니다.

　그런데도 학생은 모른 척 그냥 가려 했지요. 동행하던 이덕수 시인이 불러 세우니까 고의로 한 것이 아닌데 왜 불러 세우느냐 따져 오더군요.

　그 대꾸를 듣자 하니 내 아픈 처지보다 세상인심이 이렇게 삭막하도록 각박해졌나 싶어 언짢았습니다.

　해서, "아무런 상관없는 사람이라도 지나치다가 낭패 당한 이를 보면 함께 안타까워하는 것이 사람의 마음일진대 학생이 세상을 넓게 보지 못하는 것 같다"라고 말해주었습니다.

　우여곡절 끝에 학생과 함께 인근 병원으로 가서 진료를 받은 결과, 다행히 뼈에 금이 가진 않았다더군요.

의사의 처방에 따라 다음 날 다시 병원에 들르기로 하고 학생에게 그 시각에 다시 병원으로 와달라 했지요. 내가 학생에게 다시 와달라 했던 건 그 학생에게 진료비를 요구하려는 그러한 생각에서가 아니라 사람 살아가는 모습을 내 나름대로 보여주고 싶었기 때문이었습니다.

그러한 내 생각을 알리 없는 그 학생과 여자친구(학생은 여자친구와 동행 중이었습니다)는 "왜 우리가 진료비를 책임져야 하느냐" 따져오더군요. 그래서 "나오기 싫으면 안 나와도 된다"는 말을 해주고 헤어졌습니다.

다음 날 오후 2시를 조금 넘긴 시각에 병원에 도착하니 학생이 먼저 와서 나를 기다리고 있더군요. 순간 그 학생이 마냥 고맙게 생각되고 마치 내가 아주 어려운 시합에서 승리한 듯한 기쁨을 맛보았습니다.

"저어, 진료비를 마련하려 했으나 마련하지 못했습니다. 실은 올해 대학 졸업반인데 공무원 시험을 준비하고 있는 빈털터리입니다."

진료를 마치고 나자 학생이 모깃소리만 한 목소리로 말하며 뒷머리를 긁적이더군요.

3시가 되었지만 아직 점심을 하지 못했다는 그를 데리고 근처 식당으로 갔습니다. 그 자리에서 내가 진료비를 주어도 받지 않을 작심이었다는 것과 그가 오늘 와주길 바랐던 내 나름대로의 염원을 들려주었지요.

돈으로 움직일 수 없는, 상대방을 진심으로 염려해주는 그 마음을 받고 싶었던 거지요.

나는 그가 이 다음에 공무원이 되어서도 이번 겨울눈으로 인해 그와 나 사이에 벌어졌던 일을 꼭 기억하며, 눈꽃 다발 사이에서 얼어붙은 빙판의 삶을 살아가는 소외된 이들을 보듬는 이 나라의 참좋은 일꾼이 될 거라 굳게 믿습니다.

> 깊어가는 밤이 서러워라
> 싸래기 눈은 하얗게 내리치고
>
> 얼어붙은 골목길을
> 군고구마 내음이 구수히 녹이는구나.
>
> 호호불던 손길들은
> 이미 보금자리로 찾아들었는데
>
> 아들 딸
> 등에 업고 품에 안은 가난한 부부는

내리치는 눈, 밤 깊도록 맞으며
꺼져가는 가마속의 불씨 옆에서

식어기는 군고구마에
안타까운 사랑 지피는구나.

— 정세훈, 「눈 내리치는 밤」 전문

● 『기독선교신문』, 1998년 12월 15일

지하철의 아이

달포 전 어느 날, 출근 시간을 조금 넘긴 시간이었다. 취재차 잠실 롯데호텔을 가기 위해 신도림역에서 지하철 2호선 전동차를 탔다. 전동차가 봉천역에 도착했을 때 일단의 승객들 속에 한 가족이 쓸려 승차하는 모습이 눈에 들어왔다. 장애인 가족이었다. 다리가 뒤틀리고 손이 꼬이고 말이 어눌한 반벙어리인, 몸이 심히 온전치 못한 엄마와 아빠의 손을 잡은 서너 살 정도의 사내아이가 함께 아장아장 내 눈에 들어왔다.

빈자리가 하나 나고 아빠보다 장애가 더 심해 보이는 엄마가 아이를 끌어안고 앉았다. 아빠는 맞은편 출입문 옆에 기대어 섰다. 다음 정차 역에서 엄마 옆의 승객이 일어나자 아이가 그 자리에 앉을까 하더니 아빠를 황급히 불러댔다. 아빠가 자신이 불러대는 소리를 냉큼 알아듣지 못하자 아이는 승객들 사이를 비집고 아빠의 뒤뚱뒤뚱한 바지자락을 이끌고 와 아슬아슬 그 자리에 앉게 했다.

아이의 수고로 나란히 앉게 된 엄마와 아빠는 발음이 정확하지 못한 둘만의 대화로 연신 웃음을 잃지 않았으며, 엄마 아빠와는 달리 모든 신체적 조건이 정상인 아이는 그 사이에서 '아이다운 재롱'을 부리고 있었다.

그때 그 장애인 가족의 모습과 아이의 해맑은 눈망울은 이제까지 맛보지 못한 색다른 희망이요 환희였다.

내가 공장 생활을 그만둔 건 지난 1992년 2월이었다. 중학교를 졸업하던 해인 1972년 여름에 공장 생활을 시작했으니까 꼭 20년 만의 사건이다.

당시 나는 중학교 졸업을 앞두고 내 또래 아이들처럼 상급학교인 고등학교에 진학하길 열망했다. 좀 더 배우는 길만이 시인이 되는 길에 가까이 다가가는 것이라 여겨져서였다.

내가 지망하고자 했던 학교는 철도공고였다. 이 학교의 입학시험에 일단 합격하게 되면 학비 면제와 함께 졸업 후 비교적 안정적인 직장이 보장된다는 이유에서였다.

그러나 나는 이 학교로의 진학에 대한 꿈을 버려야 했다. 광부였던 아버지가 골수염을 앓게 되어 속앓이 병을 앓고 있던 어머니가 있는 우리 집의 어려운 형편이 더욱 어려워졌기 때문이었다. 중학교를 졸업한 직후 6개월간 두문불출했다. 그리고 그 기간 배가 고픈 내 허기진 배를 유일하게 달래주던 고구마의 썩어가는 안타까운 향기를 맡으며 원고를 썼다. 방 안에 틀어박혀 라디오드라마 30일 방송분의 2백 자 원고지 1천 2백 장을 한 칸 한 칸 메꿔 나갔다.

라디오드라마 극본 공모에 당선해보겠다는 것이 아니었다. 그러한 생각은 모든 면에서 당치도 않았을뿐더러 추호도 없었다. 다만 학업의 중단으로 인해 내가 정말로 하고 싶었던 문학을 영영 못하게 되는 것이 아닌가 하는 그 안타까움을 내 스스로 정리하고 싶어서였다. 그렇게 메꿔진 1천 2백 매의 원고지를 서울의 KBS에 우편으로 보내고 나도 훌쩍 서울로 올라왔다.

공단의 취업 공고판은 모두가 고졸 이상의 신체 건장한 젊은이들을 원하고 있었다. 중졸의 17세인 나하고는 거리가 먼 취업 공고판들뿐이었다. 어쩔 수 없이 조건이 완화된 공장을 찾아 나섰다. 몇 날 며칠의 수색 끝에 내 수준의 배고프고 나이 어린 소년들도 들어가서 일할 수 있는 그러한 공장을 찾아내었다. 그곳은 중랑천변에 있는 조그마한 영세공장이었다. 그곳엔 이미 네댓 명의 내 또래 꿈돌이들이 들어와 코끝에 맨질맨질하게 시키면 기름때를 묻히며 작업에 열중하고 있었다. 나의 20년 공장 생활은 이렇게 시작됐던 것이다.

처음 몇 년간은 문학에 대한 미련을 버리질 못해 틈만 나면 청계천 변 고서점가를 배회했다. 공장에서 작업을 마치면 곧바로 청계천으로 달려가 복개된 청계천 도로변에 즐비하게 늘어서 있던 고서점과 헌책방들의 빛바랜 책들을 욕심껏 읽어댔다.

그렇게 문학에 대한 미련을 쉽게 버리지 못했던 난, 몇 년간의 문학에 대한 열병 끝에 나에게 당장 절실한 건 문학이 아니란 걸 깨닫게 되었다. 내 주변을 둘러싸고 있는 형편을 생각해볼 때 문학보다는 현실에 더욱 순응해야 한다고 생각했다. 우선 먹고사는 문제를 해결하는 데 더욱 충실해질 필요가 있었다.

이후 지속된 나의 공장 생활은 20년을 지내온 사이 나에게 많은 외형적 변화를 안겨주었다. 전문적 기술인 전자석선의 숙련된 제조기술자가 되었으며, 고졸 학력 자격 취득을 위한 검정고시 공부를 하는 와중에 어찌하다 시를 짓는 시인이 되었다.

반면, 그 사이 나의 육신은 유해한 작업환경으로 인해 자꾸 쇠약해가고 있었다. 결국 건강의 악화로 20년의 공장 생활을 그만두어야 했다. 그리고 종교 전문지인 기독교계 주간신문의 기자가 되었다. 이를테면 블루칼라에서 화이트칼라로 변신을 한 일단의 사건이었다. 이는 또한 내 삶에 있어 하나의 커다란 혁명이기도 했다.

나는 나의 이 혁명을 위해 공장 노동자로 일하는 동안 부단히 노력해왔다. 최고의 전자석선의 제조기술자로 인정받기 위해, 또한 상경 당시 나를 가로막았던 공단의 그 취업 공고판의 벽을 뛰어넘기 위해 심혈을 기울여왔다. 그리고 그 무엇보다도 시인이 되고자 했던 어릴 때의 그 꿈을 이루기 위해 최선을 다했다.

늦깎이 기자로 펜을 들고 취재현장을 뛰어다닌 지도 어언 몇 해가 흘렀다. 취재현장을 뛰어다니며 '정론직필'을 늘 염두에 두어왔지만 그동안 내가 취재하고 작성한 기사들은 과연 독자와 이웃들에게 얼마만큼의 유익을 준 '정론직필'로 남아 있는 것일까.

새로운 총선이 끝났지만 무언가 개운치가 않은 내 가슴에 지하철의 장애인 가족과 아이의 해맑은 눈망울이 자꾸만 뭉클뭉클 안겨 온다. 앞으로 내 삶은 어떠한 삶을 살든 더도 말고 덜도 말고 지하철의 아이만큼만 되어라. 내 모든 쓸쓸하고 아픈 이웃들 앞에. 그리하여 부디 내 삶만의 혁명이 아닌 내 이웃들 삶의 혁명을 이루기를.

● 『동원증권』, 1996년 3 · 4월호

춘하추동

지난 2월 초, 우리 가족은 또 한 번의 이사를 했다. 이번 이사는 결혼한 이후, 그러니까 내가 아내를 만나 한 가정을 이룬 후 열일곱 번째로 한 이사였다.

24년 전 처음 가정을 이뤘을 땐 방 한 칸에 부엌 한 칸, 이렇게 위아래 층으로 나열되어 있는, 소위 공단 주변 벌집에서 방 한 칸과 부엌 한 칸을 사글세로 얻어 살았다.

당시 난 공장에서 노동자로 일했다. 공장이 부도가 나서 문을 닫게 된다든가 이런저런 이유로 실직되어 다른 직장을 구하게 되면 그 직장을 따라 이사를 했다. 때에 따라선 집 주인의 아들이 장가들게 된다든가 집 주인의 형편에 따라서 살던 방을 내어주고 다른 방을 얻어 이사하기도 했다. 그러다 보니 일 년에 두 차례나 이사한 적도 있다.

지난 2월에 한 이사는 4년 만에 한 이사다. 늘 그랬지만 이번 이

사도 하지 않으면 안 될 상황이라서 했다. 먼저 살던 아파트가 방이 세 개였는데 하나는 어머니께서 그리고 하나는 아내와 내가, 나머지 하나는 두 아들 녀석들이 함께 사용했다. 그런데 녀석들이 대학에 들어가고서부터 방 하나를 둘이 함께 사용하기엔 너무 좁다고 투덜대는 것이었다. 그래서 방이 하나 더 있는 아파트로 집을 넓혀 이사를 한 것이다.

이사하기 전날 지은 지 11년이 지난 낡은 아파트를 손을 보고 있는데 경기도 일산에 사는 시를 짓는 후배로부터 전화가 걸려왔다.

"선배! 지금 뭐 하슈?"

"나 지금 이사할 아파트 손 좀 보고 있어."

"어디로 이사하우? 몇 평짜리유?"

"지금 살고 있는 부평동 인근이야. 방이 하나가 더 필요해서 좀 더 넓은 아파트로 이사하려구."

"아! 그래요? 축하해요. 그런데, 선배! 그러다 부르주아 되는 거 아뇨?"

"……!?"

부르주아라!? 후배가 농담조로 한 이 말을 듣는 순간 둔기로 머리를 한 대 얻어맞은 그런 묘한 감정이 가슴을 어지럽히고 있었다.

열일곱 살 때부터 20년 동안 공장을 전전하며 열심히 살아왔는데, 지금도 아내는 공순이라는 이름을 들으며 공장에서 일하며 살아가고 있는데 부르주아 되는 거 아니냐니!? 더군다나 내가 무슨 부정한 방법으로 돈을 많이 축적한 자본가도 아니고 사기를 쳐 이사를 하는 것도 아닌데 부르주아 되는 거 아니냐니!? 얼토당토않은 말이다 싶었다. 그러나, 이후 곰곰 생각해보니 그 말이 꼭 틀린 말이 아니다 싶다.

왜냐하면 난 이사하기 전 방이 좁다고 아들 녀석들이 투정을 부릴 때, 방 하나가 없어 거리로 나앉아 있는 그 수많은 이들을 전혀 떠올려보지 못했기 때문이다. 그 언젠가 방 하나를 세 얻어 살 적 장모님이 오셨던 날, 연탄가스 피어오르는 부엌에서 웅크리고 잤던 기억을 까마득히 잊어버린 채.

아! 그래. 그러고 보니 생각난다. 지난 주일날 예배드리고 오던 길. 어느 공장 정문 옆 보도블록 위에 그는 그렇게 있었지. 빨간 페인트로 '복직'이라 새긴 빛바랜 텐트 안에서 무엇인가 열심히 끓이고 있었어. 그는 지난해 봄에도 그렇게 그 자리에 있었지. 여름에도, 그리고 가을에도, 그리고 겨울에도 그렇게 그 자리에 있었던 거야.

• 『생각이 있는 창』, 2002년 봄호

제4부

여리디여린
새 움들

기러기처럼
— 시인 강태열 선생 2주기에 부쳐

지난 7월 27일 오후 2시, 인천 배다리 헌책방 골목에 자리 잡고 있는 시 다락방 '배다리 시가 있는 작은 책길'에서 '배다리 시 낭송회'가 열렸다. 낭송회는 매월 마지막 주 토요일에 정기적으로 열리고 있다. 이날 66회째를 맞이한 낭송회의 주인공은 시인 고(故) 강태열 선생이었다.

선생의 2주기 추모 행사로 진행된 이날 시 낭송회는 초청 시인이 앉는 자리는 비어 있었다. 대신 강태열 선생의 약력과 사진을 넣은 현수막이 자리를 차지하고 있었다. 현수막 아래 작은 탁자에 선생이 평소 즐겨 마셨던 막걸리와 떡, 부침개, 두부김치 등이 조촐하면서도 소박하게 차려졌다. 선생이 떠나고 없는 자리에서 살아 있는 자들은 추모시 낭송회를 통해 새로운 소통의 시간을 만들어 가고 있었다.

이 자리에는 인천작가회의 문인들과 시를 사랑하는 지역 주민들이 참석해 고인의 시를 낭송하며 선생을 기렸다. 필자는 선생의 연보와 추모 글을 낭독하고 선생과의 추억을 그리워하는 한편, 선생의 삶을 본받아 욕심 없는 삶과 베푸는 삶을 살 것을 다짐했다.

선생님의 은덕으로 꽃이 활짝 피었습니다
—고 강태열 선생님 2주기 추모 글

강태열 선생님! 제가 감히 선생님을 기리는 추모 글을 올립니다. 선생님의 고귀한 뜻을 조금도 받들지 못하고 있는 제가 감히 추모 글을 올립니다. 부끄럽고 죄송한 마음으로, 반성하는 심정으로 올립니다.

선생님께서 홀연히 떠나신 지가 어느새 2년이 되었습니다. 세월이 흐를수록 선생님이 계셨던 그 자리가 더욱더 크게 다가옵니다.

"자본주의나 공산주의나 물질만능주의인데 무엇을 얻겠느냐? 먼저 사람이 되어야 하는데, 전부 다 물질주의에 빠져간다"며 사회가 물질의 노예가 되어가는 것을 특별히 경계하셨던 선생님! 선생님께선 베푸는 것을 삶의 즐거움으로 삼으셨습니다. 그 희생적인 삶으로 인해 가난한 문단은 넉넉해졌습니다.

일례로 故 천상병 시인은 생전에 이렇게 고백했습니다. 선생님의 배려로 카페 〈귀천〉을 열어 부자가 되었다며, "그 뜻이 얼마나 고마운가!/나는 늘 강태열 시인의 그 고마움을/한시도 잊은 적이 없다"고 고백했습니다. 선생님의 연배, 문단의 원로 선배들께서는 "아마

우리 세대 문인들 중에 강태열 시인에게 신세를 지지 않은 사람이
별로 없을 거야"라며 선생님을 그리워합니다.

　인천작가회의 역시 선생님께서 지켜주신 은덕으로 꽃이 활짝 피
었습니다. 창립 당시부터 2년 전 홀연히 떠나시기까지 연로하심에
도 진자리 마른자리 마다하지 않으시고 지켜주셨습니다. 철없는 후
배들의 눈에 차지 않는 짓거리를 변함없이 다독이며 쓰다듬어 주시
며 지켜주셨습니다. 그렇게 베풀어주신 선생님의 깊고 넓은 은혜
덕분으로 인천작가회의는 성장해왔으며, 그 저력으로 올해에는 인
천 강화도에서 전국작가대회를 개최하게 되었습니다.

　이제, 저는 감히 선생님의 2주기 추모 글을 올리면서 뒤늦게나마
선생님의 고귀한 삶과 뜻을 가슴 깊이 새겨 삶의 지표로 삼아 실천
할 것을 다짐합니다. 이 다짐이 현실에서 나타나도록 지켜주소서!

2013년 7월 27일 인천작가회의 회장 정세훈

　선생과 처음 연을 맺은 것은 1990년 민족문학작가회의 사무실
앞에 자리 잡은 허름한 목로 '아현호프'에서였다. 작가회의 회원으
로 가입하고 신입회원 가입신고를 하던 자리였다. 이후 1998년 인
천작가회의가 설립되고 회원으로 함께 활동하면서 자주 뵙게 되었
다. 선생은 인천작가회의 회원 중 가장 연장자였지만 어느 모임이
든 마다하지 않고 함께하는 열성을 보였다. 모임이 끝난 후 뒤풀이
까지 나이 차이가 많은 후배들과 함께 어울리며 거침없는 입담으로
종종 좌중을 긴장하게 했다.

그 와중에 "현실에서 벗어난 미학에는 한계가 있다"며 "시인은 자기 탐구나 현실에 대한 자기 저항이 아닌 자기 미화에 집착해선 안 된다"는 고언을 주기도 했다

선생은 1952년에 박봉우, 윤삼하, 주명영 등과 4인 공동시집 『상록집』을 펴냈다. 당시 부친 몰래 논문서를 잡히고 시집 출간비를 마련했다는 일화에서 시에 대한 남다른 열정을 엿볼 수 있다.

선생이 광주고등학교 재학 시절 '영도(零度)'라는 문학동인을 결성해 쟁쟁한 기성작가들로부터 주목을 받은 영민한 소년 문사였다는 것과, 대학시절 등록금을 털어 발행한 동인지에 이어령과 박이문 등이 작품 게재를 의뢰했으나 "우리와 지향점이 맞지 않다"는 이유를 들어 거절했다는 일화는 이미 익히 알고 있는 이야기다.

또한 출판업을 하며 주변 문우들과 후배들의 시집은 숱하게 내줬지만 정작 자신의 시집은 "아직 때가 아니다"라는 이유로 한 권도 내지 않았으며, 이 과정에서 적지 않은 유산을 탕진한 이야기도 널리 알려져 있다.

고 박봉우 시인과의 남다른 특별한 인연으로 1993년 박봉우 시비 건립추진위원회를 발족해 건립의 주도적 역할을 했으며, 2001년 11월 25일 박봉우 시「휴전선」이 발표된 지 45년, 시비 건립 발기 9년 만에 임진강 역구에 시비를 건립했다. 이때 박봉우 시비건립위원회에서 공로를 인정받아 한국작가회의로부터 감사패를 받았다. 이처럼 선생이 문단을 위해 헌신한 것이 적지 않다.

　선생은 2006년 6월 10일 뒤늦게『뒷창』과『우주영가』등 2권의
시집을 동시에 출간했다. 4인 공동시집『상록집』이 발간된 지 48년
만의 일이다.

　선생은 2011년 8월 20일 일산 동국대병원에서 세상을 떠났다.
문단은 선생이 타계하기 직전의 삶에 대해서 그리 많이 알고 있지
않다. 선생이 타계하기 직전 삶은 몹시 궁핍했다. 장성하여 일가를
이룬 자녀들을 떠나, 인천시 산곡동의 지하실 방에서 부인과 단둘
이 한국문화예술위원회가 시행한 '원로 문예인 복지 지원금' 수혜
에 전적으로 의지해 살았다.

　타계하던 해 4월 28일, 선생과 필자는 인천 하버파크호텔에서 개
최된 제2회 인천알라문학포럼 개막식에 참석하기 위해 인천역에서
만나 호텔까지 동행했다. 당시 선생은 행사 도중에 서둘러 일찍 귀
가할 정도로 건강이 악화되어 있었다. 이후 그해 5월 인천작가회의
월례 이사회에 참석한 것이 선생의 마지막 공식 외출이 되었다.

　이때부터 타계하기까지 3개월 동안 몇 번의 전화 통화와 방문으
로 선생을 지척에서 뵈었다. 인천작가회의 회장을 맡은 관계로 필
자 혼자 방문한 때도 있었지만, 부회장을 맡고 있던 이세기 시인과
사무국장을 맡고 있던 김명남 시인과 동행한 때도 있었다.

　혼자 방문하여 뵈었을 때였다. 지병이 악화되어 심신의 안정이
극히 요구되고 있는 상황임에도 상당히 격분해 있었다. 선생이 발
표한 시를 두고 어느 시인이, 자신을 공격하기 위해 쓴 시로 오해하

고 막말과 욕설을 하더라며 몹시 분개하고 서운해했다. 그분하고 서운함이 너무 커 혼자 가슴에 담고 있기가 힘들다고 토로했다.

자택으로 마지막 방문했을 때, 선생은 몹시 야위어 있었다. 가쁜 숨을 몰아쉬며 간간이 들려주는 이야기는 선친으로부터 물려받은 많은 유산을 자신의 일로 탕진한 것과, 그로 인해 처와 자식들에게 어려움을 준 것에 대해 마음 아파했다. "한국전쟁을 겪은 가난한 한국문단을 베푸는 삶으로 풍요롭게 했다"는 말씀을 드렸더니, "그것이 무슨 대단한 일이냐"며 쑥스러워 하기도 했다. 그 와중에도 한국문단이 토착화되어 가는 것에 대한 우려와 걱정을 놓지 않았다.

사후의 유품 정리에 대해서도 말씀을 나눴다. 자녀들에게 물려줄 것을 권유하였으나, 자녀들이 관심을 갖지 않을 거라며 버리라고 하였다. 타계하신 이후 말씀대로 함부로 버릴 수가 없었다. 다수의 서적들은 뜻있는 곳에 기증토록 하고, 선생이 아꼈던 육필 원고와 지필묵 등을 비롯한 몇몇의 소중한 유품들은 자녀들이 인수하길 거절해 현재 인천작가회의가 보관하고 있다.

인천작가회의의 유일한 고문이었던 선생은 그렇게 유유히 이 세상을 떠났고, 회원들은 아쉬움과 슬픔에 스스로 상주가 되어 선생의 마지막 가는 길을 쓸쓸하지 않도록 영안실을 지켰다. 그러나, 마지막 가는 길을 응당 지켜주어야 할 발길들이 보이지 않았다, 선생의 시「기러기」처럼.

전쟁을 알 리 없는 눈이
내리다가.

눈 개인
하늘이 빈다.

장독대엔
흰 옷 입는 옹기들뿐.

끼륵끼륵 끼륵끼륵
하늘 나는 기러기…….

빈 장독대도
기러기 소릴 낸다.

전쟁을 알 리 없는 눈이
쌓인다.

— 강태열, 「기러기」 전문

● 『작가들』, 2013년 가을호

아련한 민주화

다시 봄이 왔다 가려 한다. 어길 수 없는 자연의 순리에 따라서, 저 잠자던 산천초목을 모두 푸르게 푸르게 일깨워놓고.

봄이란, 꽁꽁 얼어붙어 도저히 풀리지 않을 것만 같던 겨울 땅거죽을 푹신푹신하게 풀리게 하여서 여리고 여린 새싹들이 무난히 그 땅거죽을 뚫고 일어서게 하는 것이 봄이요, 말라붙을 대로 말라붙어서 도저히 물 한 방울 오르지 않을 것만 같던 겨울나무 껍질에 술
-술 물기가 오르게 하여서 여리디여린 새 움들이 무난히 그 나무 껍질을 뚫고 일어서게 하는 것이 봄이다.

또한 그 어린 싹들이 마음껏 자라나고 또 피어나게 하여서 하나의 풀이 되게 하고 나무가 되게 하고 꽃이 되게 하는 것이 봄이다.

그뿐만이 아니라 봄이란, 칼끝과 같이 매섭던 한기를 모두 거두어들여서 그 한기를 피해 땅속 깊숙이 숨어 들어가 긴 겨울잠을 자고 있는 생물들을 모두 깨어나게 하는 것이 봄이리라.

그러기에 봄에는 생기가 넘쳐나고 또 활기가 넘쳐나서 애써 둘러보지 않아도 곳곳에 보이느니 푸른 풀빛이요, 화사한 꽃빛이요, 그 빛과 향기 위에 벌 나비가 훨훨 춤을 추어대고 새들이 즐겁게 노래들을 불러대고 산천의 생물들이 마음껏 활개를 치고 있는 것이리라. 그야말로 살맛 나는 세상이리라.

이렇듯, 자연의 봄처럼 이제는 한껏 너그러워질 때도 된 우리들의 봄은 포근해질 때도 된 우리들의 봄은 따스해질 때도 된 우리들의 봄은 그러나, 안타깝게도 올해에도 긴 잠만 자다가 그냥 가려 한다.

4·19혁명 이후 수십 년 동안을 그리 해왔건만 우리들 가슴속에 풀빛 한 잎 꽃빛 한 잎 심어놓지 않고서 올해에도 그냥 가려 한다. 아니, 그냥 가려 하는 것이 아니고 오히려 크고 작은 빙산들만 수두룩하게 둥둥 띄워놓고 가려 한다.

영영 헤어나지 못할 불감증에 깊이 빠져버렸는지 4·19혁명 그 배경이 되었던 경제적 모순 및 불평등과 부패한 정치를 모두 다 그대로 놔둔 채로 그냥 가려 한다.

물가는 하루가 다르게 턱없이 올라가는데 임금은 한 자릿수로 묶어두어야 한다며 노사 안정을 해치는 어떠한 행위도 강경 진압하고 있는 빙산을, 천정부지로 치솟는 집값에 내 집 마련의 꿈이 물거품이 되고 산동네에서 거리로 쫓겨나 마침내 목숨까지 철거당하고 있는 빙산을, 5공의 두 배를 넘어선 지 오래된 시국사범으로 넘쳐나는 감옥의 빙산을, 이미 1993년 전면 수입 개방이란 사형선고가 내려져 하루아침에 몰락당할 운명으로 치닫고 있는 농촌의 빙산을 띄워놓고 그냥 가려 한다.

수서 사건, 수돗물 사건, 세무 비리 사건이 연달아 터지더니 급기야는 시위대 학생이 대로상에서 경찰의 쇠 파이프로 몰매를 맞아 개처럼 죽어가는 빙산 또한 띄워놓고 그냥 가려 한다.

자연의 봄에 어길 수 없는 자연의 순리가 있듯이 우리들의 봄에도 어겨서는 안 되는 인간의 순리가 있건만, 그 빙산들 언저리마다에 6공 들어 걸핏하면 너 나 할 것 없이 떠들어대고 있고, 또 귀 따갑게 들어오고 있는 '민주화라는 이름의 아지랑이'를 가물가물 피워놓은 채.

● 「경인일보」, 1991년 5월 8일

후보자 공천

　어느 선거를 막론하고 선거에 있어서 후보자가 차지하는 비중은 참으로 무겁다. 현행 선거제도의 모순의 일면이라고도 말할 수 있겠고 한계성의 일부라고 말할 수 있는 대목인데, 반드시 후보자들 중에서 당선자를 뽑아내야 한다는 관점에서 그러하다.

　다시 말해 후보자의 질(質)은 그대로 당선자의 질로 이어지게 되고 더 나아가 그 나라 정치의 질로 이어지게 되기 때문이다. 그러기에 후보자를 내세우는 데에 신중을 기해야 한다는 말은 지극히 당연한 말이 되겠다.

　광역의회 의원 후보자 1차 공천자를 발표하던 지난 5월 29일 저녁, 늘 해오던 버릇대로 그날도 찌무룩하기만 한 우리의 정치판에 신선한 바람이 불어주길 기대하는 마음으로 석간신문을 뒤적이다가 언뜻 눈에 스쳐오는 정치면 기사 몇 줄을 읽게 되었다. 가수 이 모 양(27세)이 모 정당으로부터 공천을 받았다는 기사였다.

우리는 이미 초등학교 시절에 반에서 해보았던 선거 경험을 가지고 있다.

반장과 부반장 그리고 각 분단장을 뽑기에 앞서 각기 후보자를 내세웠던 경험도 아직 생생하다.

그때 우리는 무엇을 기준으로 삼아서 후보자를 내세웠던가. 부잣집 자식이라는 것을 기준으로 삼았던가, 얼굴이 예쁜 것을 기준으로 삼았던가, 아니면 노래를 잘하는 것을 기준으로 삼았던가, 글을 잘 짓는 것을 기준으로 삼았던가, 그도 아니면 공차기, 달리기를 잘하는 것을 기준으로 삼았던가, 공부를 잘하는 것을 기준으로 삼았던가. 아니었다. 결코 그가 특별히 누리고 있는 그 인기 위주로 기준을 삼았던 게 아니었다.

정치란 국민을 소중히 섬기는 그 무엇보다도 신성한 일이다. 그 일을 하는 데에 있어서 현재 가지고 있는 직업을 이유로 누구는 해서 되고 누구는 해선 안 된다는 그러한 규칙은 없다.

따라서 현직 인기 가수라 해서 예외를 두어서는 안 된다. 그러기에 그가 설령 정치에 대한 문외한이라도 적극적으로 시켜보겠다는 자들의 의사와 한번 해보겠다는 본인의 의사를 막아서는 안 된다. 그러나 누구든 정치를 한답시고 국민에게 오히려 누를 끼쳐서는 안 된다. 그것이 자신의 자질 부족에서 기인된 것이건 경륜 부족에서 기인된 것이건 그 어떤 이유를 불문하고.

이러한 면면들을 그 누구보다도 익히 잘 알고 있을 터인 정치권에서 그를 공천한 이유는 어디에 있는가. 인기 연예인 특유의 유명세를 등에 업은 의석 수만을 의식한 연유에서 비롯된 것이 아닌지 국민의 한 사람으로서 묻지 않을 수 없다. 뒷감당은 국민에게 떠맡기고 있는 구렁이 같은 그 능글능글한 정치의식으로 말이다.

하기야 "정치에 대한 정치권의 의식 수준이 국민의 의식 수준을 미처 따라오지 못하고 있다"라는 이러한 개탄의 소리를 듣는 건 어제오늘의 일이 아니다.

● 『경인일보』, 1991년 6월 1일

권 씨의 자살

산재의 인적 손실에는 크게 두 가지의 원인이 있다고 본다. 그 하나는 단순 사고에 의해 야기되는 것이고 다른 하나는 공해물질에 의해 유발되는 것이다. 후자가 소위 말하는 직업병이라는 것인데 이것은 우리의 현행 제도상 단순 사고와는 달리 발생되는 즉시 즉각적인 조치를 적절히 받을 수 없다는 데에 문제의 심각성이 크다.

지난 4월 11일 원진레이온에서 일해왔던 고(故) 권경용 씨가 그 직업병을 앓다가 자살을 했다. 시일이 꽤 지났는데도 지금까지 그의 자살 사건이 필자의 뇌리에서 지워지질 않고 있다. 어째서 그는 끝내 자살을 해야만 했는가. 1960년대 이후 오로지 경제성장에만 급급해온 우리 모두에게 그의 자살은 거듭 이렇게 자문하게 한다.

그의 가족들이 당시 언론에 밝힌 바에 의하면, 그는 이 회사에 근무해온 지 8년째가 되던 해인 지난 1985년부터 잠자리에서 헛소리를 하기 시작했고 불면증에 시달리는 등 이황화탄소 중독환자에게

서 쉽게 나타나는 정신분열증을 보여왔다고 했다.

　그러나 이후 회사 측으로부터 즉각적인 산재처리 대상자로 처리 받지 못하고 5년 동안 자비로 치료를 받아왔으며 2년 전부터는 치료비가 없어서 아예 그 치료조차 제대로 받지 못했다고도 한다.

　이는 인명 경시 사상이 저변에 다분히 깔려 있는 우리의 노동 관계법의 치부를 그대로 드러낸 말이라고 본다. 사회가 발전함에 따라 우리의 노동 관계법도 꾸준히 발전적인 방향으로 손질되어온 것은 사실이나 입법 당시 경제성장 우선주의에 입각하여 제정되었던 불합리하고도 비인간적인 부분들이 아직도 상당수 제대로 손질되지 못한 상태로 그냥 남아 있기도 하다.

　이러한 부분들을 하루아침에 모두 다 손댈 수는 없을 것이다. 그렇지만 우선 산재보상법만이라도 한시바삐 손을 대서 까다롭기 그지없는 현행 직업병 판정의 절차상의 모순을 바로잡아 직업병 유소견(有所見)자들이 초진의 인정 소견만 가지고도 치료를 받을 수 있게 해야 한다. 그 지루한 최종 판정까지 기다리지 않고서도 말이다.

　권 씨도 만약 즉각적인 산재 처리 대상자로 인정을 받아 치료만이라도 계속 받을 수만 있었다면 자살까지는 하지 않았을 것이라는 생각이 든다.

　그러나 산재에 있어서 무엇보다도 중요한 것은 제도적 차원에 앞선 경영 차원에서의 사전 예방이라 본다. 더불어 살아가고 있다는 참 인식 아래 그야말로 인명을 아주 소중히 여기는 기업윤리를 세워야겠다. 제2, 제3의 '권 씨의 자살'을 방지할 수 있는 길은 이 땅에 이러한 기업윤리가 바로 설 때만이 가능해지리라 믿는다.

어째서 권 씨, 그는 끝내 자살을 해야만 했는가. 이에 대한 답은 굳이 이러한 점들을 들춰보지 않더라도 그가 어린 자식에게 남긴 "직업병과 싸워달라" "원진과 노동부와 싸워달라"는 이 유언이 적나라하게 밝혀주고 있다.

● 『경인일보』, 1991년 7월 5일

일할 맛

"일할 맛이 안 난다."

요즘 들어 부쩍 이런 말을 자주 듣게 된다. 일부러 귀를 기울이고 다니는 것도 아닌데 버스 안이건 작업현장이건 무주택자 두서넛 이상 모인 곳이면 어김없이 이런 말을 듣게 된다.

그들이 말하는 그 일이란 게 무엇인가. 그것은 최소한의 입는 것 먹는 것, 쉬는 것, 즉 의식주(衣食住)를 해결하기 위한 업(業)으로서의 일을 말하는 것이다.

그러한 절박한 의미에서 그들에게 일이란 곧 삶이고 생명이다. 가진 것이 많아서 일을 하지 않아도 입고 먹고 쉴 걱정이 없는 부유한 사람들이 아니기에.

그런데, 그들은 요즘 할 맛이 안 난다는 자포자기성의 말을 공공연하게 하고 있는 것이다. 어째서일까? 그것은 필시 허리띠를 졸라매고 땀을 흘려대는 결과치고는 그에 대한 보답이 너무 기대에 못

미치고 있기 때문일 것이다.

일이란 신명이 날 때에 비로소 할 맛이 제대로 나는 법이다. 뼈 빠지게 일을 해보았자 내 집 마련은 고사하고 오르는 방세마저 해결할 수 없는 판에서는 신명도, 일할 맛도 날 리가 없다.

참으로 기분 좋다 하지 않을 수 없는 말인데, 우리나라가 세계 10대 경제대국으로 발돋움하게 되었다는 말을 얼마 전에 신문에선가 접한 기억이 난다. 1인당 국민 소득이 중진국 수준을 넘어서 선진국 대열에 낄 날도 그리 멀지 않았다던가. 말 그대로라면 그 말이 무색해지지 않도록 하기 위해서라도 이제는 그들에게도 일할 맛이 좀 나게 하자.

자동차 생산 대수가 연간 얼마 더 늘어났느니, 골프장이 어디 어디에 몇 개 더 늘어났느니, 첨단과학 기초과학이 어느 정도의 수준이니 하며 그 한쪽으로만 정신없이 팔려왔던 우리의 눈을 이제는 '교통정리'해보자.

그리하여 그 눈으로 진정 그들이 두 다리 뻗고 쉴 만한 집도 몇 채 지어보자. 이것이 이 정권이 그렇게도 떠벌렸던 2백만 호 주택 건설의 참된 취지가 아니겠는가. 아울러 그들에게도 일할 맛이 좀 나게 하는 것이 아니겠는가.

말이 잦다 보면 그에 대한 행동도 따르기 마련이라 했다. 그들로 하여금 끝내 일손을 놓게 할 것인가. 이 시점 우리 모두 가슴에 손을 얹어볼 일이다. 우리나라를 경제대국과 선진국 대열로 이끌어

가고 있는 데 큰 역할을 담당하고 있는 저 굳은살 박인 소중한 일손
들이 안고 있는 쓰라린 상처들을 하나하나 어루만져줄 일이다.

지난 3월 하순경이었다. 질척질척 비가 내리고 꽃샘바람이 몹시
도 불어닥치어서 그 비바람에 막 피어난 봄꽃들이 생으로 떨어지던
을씨년스러운 날이었다. 그 악조건인 날씨에도 불구하고 어머니는
칠십 노구를 이끄시고 먼 길을 떠나 자식 집을 찾아오셨다.

"때를 놓치기 전에 장맛을 내야 한다" 하시며.

• 『경인일보』, 1991년 8월 2일

불발 쿠데타

고르바초프가 3일 만에 다시 권좌에 복귀하게 된 '불발 쿠데타'가 얼마 전에 소련 땅에서 일어났었음을 우리는 익히 알고 있다. 그 쿠데타의 주역들을 보면 내무부장관, 국방부장관, KGB의장 등 8인 모두가 내로라하는 권력의 핵심 인물들이었다. 그럼에도 불구하고 실패를 하고 말았다.

이를 두고, 쿠데타가 성공했던 후진국적인 정치풍토 속에서는 사전 준비 등 치밀하지 못한 작전 미숙을 가장 큰 실패 이유로 들 것이다. 그러나 필자가 생각하기에는, 그보다 실패할 수밖에 없었던 것은 주변 분위기 때문이 아니었나 싶다.

독버섯이 제아무리 번식력이 강하다 해도 햇볕이 잘 드는 '양지바른 토양'에서는 번식할 수도 또 자라날 수도 없다. 칙칙하고 그늘 지고 음습한 곳, 이런 곳에서 독버섯은 돋아나는 것이다.

이번 쿠데타는 공산 극렬 보수주의자들이 자유를 열망하는 소련

국민 대다수의 입장은 조금도 고려하지 않고 자기네들이 이제껏 누려온 기득권에만 연연한 나머지 이기주의성의 향수에 젖어 일으켰던 쿠데타가 아닌가. 이러한 쿠데타가 그동안 고르바초프가 일구어놓은 페레스트로이카(개혁)와 글라스노스트(개방)란 '양지바른 토양'을 뚫고 뿌리를 내리기에는 역부족이 아니었나 싶다.

최근에 우리는 오대양 변사 사건을 계기로 사이비 종교집단에 대한 관심이 고조되고 있음을 본다. 어느 종교 연구가의 말을 빌리자면 현재 우리나라에는 수백 개가 넘는 크고 작은 사이비 종교집단들이 활동하고 있으며 4백만 명이 넘는 신자들에게 주로 말세론을 내세우고 있다 한다. 그들이 사회에 끼치고 있는 좋지 못한 영향을 생각해볼 때 실로 놀라지 않을 수 없는 숫자이다.

그래서인지 너도 나도 염려하는 소리가 높다. "당국은 왜 하루속히 그러한 그들에게 철퇴를 가하지 않느냐"며 그 목청들을 높이고 있다. 이들이 말하는 철퇴란 무엇인가. 그것은 행정력에 의한 단속을 말하는 것일 게다.

그러나, 그게 어디 그러한 단속만으로 해결될 성질의 것인가. 독버섯이 주위가 음습할수록 번성하듯 정치와 사회, 이를테면 때가 정의롭지 못하고 어지러운 시기일수록 그러한 것들도 삐죽삐죽 고개를 쳐들고 일어나는 것이다.

정치와 사회에 대한 신뢰감이 떨어질 때, 믿을 수 없을 때, 그리하여 아무런 희망이 보이지 않을 때, 사람들은 자포자기의 신앙 그런 쪽에 쉽게 빠져든다.

　당국은 물론 우리 모두 이쯤에서 그만 '오대양'과 같은 불미스러운 사이비 종교집단들이 더 이상 번성하지 못할, 그러한 주변 분위기부터 조성해야겠다. 그리하지 않고 단속의 철퇴만을 가하려 한다면 그것은 이 시점에 결코 소기의 목적을 이루지 못할, 무모하기 짝이 없는, 소련에서 시도했던 '불발 쿠데타'와 하나도 다를 바 없다.

● 『경인일보』, 1991년 8월 30일

생매장

걸프전이 한참 극에 달해 있었던 지난 2월 말, 수백 내지 수천 명에 이르는 이라크 군인들이 사막의 모래더미 속에 산 채로 묻힘을 당했다 한다.

지뢰밭과 벙커, 기름이 불타는 참호 등으로 이루어져 있던 이라크의 방위망을 돌파하기 위한 연합군의 작전 중에, 대량의 흙을 파엎을 수 있는 장비를 부착한 불도저와 같은 미군 탱크들이 이라크군의 진지를 분쇄하는 과정에서 일어난 일이라 한다.

아무리 천재지변과 동일시되고 있는 전쟁 중에 일어난 일이라지만 시퍼렇게 살아 있던, 그것도 하나둘이 아니고 수백 내지 수천이나 되는 목숨들이 그대로 부지불식간에 모래더미 속에 묻혀버렸다는 사실 앞에 입을 다물 길이 없다.

이처럼 살아 있는 사람을 산 채로 땅속에 파묻는 행위를 '생매장'이라 한다.

인간이 인간에게 저지를 수 있는 가장 극악무도한 행위가 바로 이 생매장이요, 인간이 인간에게 가장 참혹하게 당할 수 있는 일이 이 생매장일 거라는 생각에서, 우리는 얼마 전에 어린이를 포함한 일가족 생매장 사건이나 산사태 매몰 사건 등을 접하고는 그렇게도 분노하고 슬퍼하지 않았던가 싶다.

지난 1989년 3월, 국회는 5인 미만의 사업장에도 근로기준법이 적용되도록 이 법을 개정하면서 세부적인 시행 방법은 대통령령으로 정하도록 해놓았다. 그러나 주무 부처인 노동부에서는 행정수요를 감당하기 어렵다는 이유를 내세워 2년 6개월이 지난 현재까지 시행령 제정을 미루고 있다. 우리나라 1천만 노동자들 중 무려 4할에 가까운 373만 명이라는 수치의 그들을 생각해볼 때 한시도 늦추어서는 안 될 노릇인데도 차일피일 미루고만 있다.

이는 가뜩이나 열악하기 그지없는 작업환경 속에서 열등감에 젖어 있는 그들에게 법 적용에서마저 따돌림을 받고 있는 천덕꾸러기 국민이라는 소외감을 안겨주는 처사가 아니고 그 무엇이겠는가.

굳이 '복지사회 실현'이라는 거창하고 요란스러운 명제를 내세우지 않더라도 하루빨리 실현해야 할 문제라 생각된다. 인륜상 '소수집단에 속해 있다'라는 그 아픈 이유가 더 이상 만인이 평등해야 할 법 앞에 소외될 건더기가 될 수가 없는 것이다.

자고로 법이든 제도든 행정이든 낮은 곳으로 낮은 곳으로 임하려 할 때에 비로소 억압과 단속과 제재가 아닌 보호라는 본연의 제

구실을 제대로 감당해낼 수 있을 터인데 우리의 그것들은 언제부터
인지 높은 곳으로만 향하여 군림하려 한다.

낮은 곳에 있는 자들을 철저히 소외시켜 더욱 낮은 곳으로 떨어
뜨리고 있으며 힘없는 자들을 철저히 외면하여 더욱 힘없게 만들어
서 그들로 하여금 한없는 좌절감에 빠져들게 하고 있다. 자꾸 인간
답지 못하게 만들고 있다.

'생매장'이란 꼭 땅속에 파묻어버리는 행위만이 아니다. 그보다
더 눈물겨운 '생매장'이 있는 것이다.

● 『경인일보』, 1991년 10월 11일

미친놈과 미친 사람들

그는 대학을 나왔다. 그 당시 읍내에서 30여 리나 떨어져 있는 벽촌에서 태어나 대학을 나온다는 것은 하늘의 별 따기라 했다. 그만큼 시골에서 대학을 나오기란 경제적인 면에서나 학업적인 면에서나 참으로 힘들고 어려운 노릇이었다. 그럼에도 불구하고 그는 우리나라 최고의 명문이라 하는 S대학교 법대를 우수한 성적으로 나왔다. 마을 어른들은 마을에 경사가 났다며 그를 철석같이 믿고 있었다. 머지않아 그가 틀림없이 판검사가 되어줄 것이라고. 그는 그 조그마한 벽촌 마을의 희망이었고 빛이었다.

그는 까만 밤을 하얗게 밝혀가며 고시 공부에 전념했다. 그러기를 두어 해, 드디어 그는 사법고시에 응시하여 무난히 합격했다. 어른들은 이제 판검사를 따놓은 거나 진배없는 거라 했다.

가을비가 가을비답지 않게 온종일 폭우로 쏟아지던 차가운 늦가

을 날이었다. 날이면 날마다 낮이건 밤이건 자기 집 골방에 틀어박
혀서 나올 줄을 모르고 법전과 씨름을 하고 있던 그가 갑자기 마당
으로 뛰쳐나왔다. 그리고는 내처 뒷산으로 내달았다.

그 뒷산엔 폐광이 하나 버려져 있었다. 불과 한 해 전까지만 해도
가난에 허덕이던 마을 사람들에게 한 아름씩 노다지(?)를 안겨주던
곳이었다. 그는 하루 종일 비에 젖어 폐광 주위를 맴돌고 있었다.
소리쳐 노래를 부르다가는 이내 꺼이꺼이 울기도 하고 알아듣지 못
할 말들을 혼자서 수없이 중얼거리기도 했다. 그러다가는 폐광 언
저리에 흩어져 있는 탄가루들을 긁어모아 온몸에 뿌려대기도 했다.

씻은 듯한 햇볕이 마을을 향해 달려오던 그 다음 날 아침. 그는
고시 공부를 하던 자기 집 골방 추녀 아래에 쪼그리고 앉아 있었다.
무릎 위에 비스듬히 턱을 고이고 앉아 희멀건한 눈빛으로 동편 하
늘 붉은 아침 해를 뚫어져라 쳐다보고 있었다. 십 리 밖 초등학교로
공부하러 가던 철부지 꼬마 아이들이 지나치면서 '미친놈'이라고
놀려댔지만 그저 히히—! 히히—! 웃고 있을 따름이었다.

마을 어른들은 그가 이처럼 정신이 돌아 미쳐버린 이유를, 너무
많이 배웠기 때문이라고도 했고, 너무 많은 것을 알고 있기 때문이
라고도 했고, 너무 똑똑하기 때문이라고도 했고, 너무 머리가 좋기
때문이라고도 했다.

그가 그 몰골로 끝내 폐광에 몸을 던져 생목숨을 끊기까지에는

그리 길지 않은 시일이 흘렀다. 마을 꼬마 아이들로부터 미친놈이라고 놀림을 당하기 시작한 지 달포쯤 지난, 어느 비 오는 질척질척하고 음습한 날이었다. 아무렇게나 꿰차고 다녔던 검정 고무신과 거적처럼 지고 다니다시피 했던 옷가지들을 폐광 옆 비 젖은 벼럭더미 위에 가지런히 벗어두고, 빗물이 고여 더욱 깊어진 폐광 속으로 훌쩍 몸을 던져버렸다.

5공 독재와 부패의 시발점, 소위 5·16군사혁명이라 이름 지어 불러지고 있는 군사 쿠데타의 한파가 들이닥쳐, 민주로 가려던 이 땅을 30여 년간이나 긴 동면에 취해 있게 만들었던 그 춥던 해 초겨울의 일이다.

필리핀의 이멜다가 오랜 떠돌이 외국 망명생활 끝에 본국으로 돌아왔다. 독재와 부패의 상징이었던 그녀가 실업과 물가고에 시달리는 필리핀 국민들로부터 민주의 상징 아키노의 정치적 대안으로 환영을 받으면서. 이즈음, 나는 경제난국 운운하면서 그것을 빌미로 "그래도 5공 때는 이러지 않았는데……."라고 떠들어대는 소릴 심심찮게 듣는다. '미친 사람들(?)'의 정신머리 없고 얼빠진 소리를.

● 『남동신보』, 1991년 12월

복순 씨의 꿈

　결국 잔업은 밤 열 시가 지나서야 끝났다.

　복순 씨는 서둘러 옷을 갈아입고 공장 문을 나섰다. 꽃 피는 봄이
라고는 하지만 아직도 밤바람은 옷깃을 여며야 할 정도로 찬 기운
이 감돌았다.

　"그럴 바에야 아예 집에 들어앉아서 살림이나 하지 뭐 하러 공장
에 나오는 거요?"

　그 차가운 기운 속에 비아냥거리는 듯한 반장의 말이 섞여 있는
것 같아 복순 씨는 부르르 몸을 떨었다.

　어젯밤 감기 든 몸으로 늦게까지 설쳐댄 것이 화근이 된 듯싶었
다. 빨래를 하랴, 김치를 담가놓으랴, 어린아이들 이런저런 것들을
돌봐주랴, 정신없이 밀린 집안일을 하다 보니 새벽 한 시가 다 되어
서야 가까스로 잠자리에 들 수 있었다. 언제나 적자투성이인 가계
부를 정리하는 것을 끝으로 서둘러서 잠자리에 들었지만 뼈마디가

쏙쏙 쑤셔오고 온몸이 으슬으슬 추워 와서 냉큼 잠에 빠져들질 못
했었다. 무리를 한 탓에 며칠 전부터 앓아온 감기가 몸살로 도진 듯
싶었다.

아침에 공장으로 출근을 서두르던 남편이 걱정스러운 나머지,
오늘 하루만이라도 공장에 나가지 말고 집에서 쉬어보라 했지만 비
오는 날 감꽃 떨어지듯 하루 결근하면 주차, 월차, 만근, 줄줄이 떨
어져 나가버리는 쥐꼬리만 한 그 월급을 생각하면 도저히 그럴 수
가 없었다.

그렇게 억지로 공장으로 나오긴 나왔지만 하루 근무 시간 8시간
을 다 채웠을 땐 재봉틀 앞에 앉아 있기조차 힘들 지경이었다. 뻔한
반응이 나올 줄을 예상하면서도 오늘 하루만 잔업 좀 빼달라고 부
탁을 해보았던 것인데 아니나 다를까 소기의 목적은 고사하고 그렇
게 되게 쏘아붙임만 당하고 말았던 것이다.

"허기사 지나 내나 먹고살기 위한 것인데……."

야속하기 그지없다 싶으면서도 이런 생각이 들기도 하여 꾹꾹
참고 잔업을 마쳤던 것이다. 생각이 여기에 이르자 동쪽에서 뺨 맞
고 서쪽에서 화풀이한다는 식으로 무능하게만 여겨지는 남편에 대
한 원망이 앞섰다.

"처자식 하나 제대로 거느리지 못하는 주제에 뭔 장가는 들었
담?"

그러나, 더 이상 복순 씨는 그 남편의 무능함이란 것이 무엇인지

구체적으로 끄집어낼 수 없다. 그도 그럴 것이 어린 나이 때부터 용접 일로 잔뼈를 키워온 남편은 요즘도 어김없이 공장에서 살다시피 하고 있잖은가. 거기에다가 뭇 사내들처럼 술을 좋아하여 월급을 축낸 적이 있나, 투전을 좋아하여 월급 탕진한 적이 있나, 망칠 가산도 없지만 계집질 좋아하여 가산 망친 적이 있나, 공순이란 소릴 처녀 때도 지겹게 들어온 복순 씨를 결혼 후까지 공순이란 소릴 듣게 하는 것이 늘 마음에 걸린다면서 틈만 나면 빨래며 설거지며 청소 등 집안일 시원하게 거들어주고 있는 남편의 그 무능함이란 도대체 무엇인지…….

굳이 트집을 잡는다면 깨끗한 사무실에 앉아 펜대를 굴리고 있다는 앞집 철이 아빠보다, 신모델 자가용이 아니면 절대 굴리지 않는다는 부동산 업자인 주인집 남희 아빠보다 벌어오는 돈의 액수가 형편없다는 것을 트집 잡을 수밖에 없는데 그게 어디 이 세상에서 남편 맘대로 되는 일이란 말인가.

이런저런 뼈아픈 상념에 젖어 터벅터벅 걷다 보니 어느새 복순 씨는 공단을 벗어나 셋방이 있는 달동네로 접어드는 하천 둑길을 걷고 있었다. 평소 오고 가는 발길이 뜸한 가로등 하나 없는 외진 곳이었다.

요즘처럼 불량배들이 득시글거리는 세상에 그것도 한밤중에 여자 혼자 이런 곳을 걷는다는 것은 나를 어떻게 하소 하는 위험하기 짝이 없는 노릇이나, 오늘처럼 몸이 아프다거나 집에 할 일이 산더

미처럼 쌓여 있는 날은 그 위험을 무릅쓰고 지름길인 이 길을 택하곤 했던 것이다.

걸음을 옮길 때마다 하천에선 예의 그 썩은 듯한 악취가 역하게 풍겨왔다. 지난 국회의원 선거 때도 어김없이 그랬지만 선거 때마다 후보로 나온 사람들은 너 나 할 것 없이 자기를 뽑아주면 우선적으로 해결해놓겠다는 하천이었으나 아직도 썩는 냄새인 채 그대로였다.

지난 국회의원 선거 때 30억 원을 뿌리면 낙선하고, 50억 원을 뿌리면 당선된다는 말이 공공연히 나돌았었는데, 이 코딱지만 한 하천쯤이야 후보 한 사람이 휴지처럼 뿌려댄 그 돈만 가지고도 족히 해결하고도 남았으리라고 복순 씨는 생각했다.

그나저나 둑길 저쪽 어두컴컴하고 으슥한 구석지에서 당장에라도 불량배들이 흉기를 들고 와락 덤벼들 것만 같은 생각에 복순 씨의 가슴은 자라목처럼 잔뜩 움츠러드는 것이었다.

사람이 무서운 세상!

밤늦도록 맞벌이로 벌어도 먹고살기 힘든 세상!

부아가 치밀어 오른다.

그 부아를 삭이기라도 하듯 복순 씨는 걸음을 재촉했다.

그때였다.

시커먼 그림자 두서넛이 복순 씨를 에워싸고 있는 것이 아닌가.

낯선 건장한 사내들이었다.

"으흐흐흐흐-. 젊은 여자가 늦은 밤에 아무 데나 쏘다니면 쓰나. 응? 오늘 모처럼 재미 좀 보게 생겼어. 으흐흐흐-."

복순 씨는 눈앞이 캄캄해왔다.

"으으-. 안 돼! 안 돼!"

"여보! 왜 그러는 거야? 여보!"

함께 자던 남편이 어깨를 잡아 흔드는 소리에 복순 씨는 번쩍 눈을 떴다.

악몽이었다.

● 『인천라이프신문』, 1992년 4월

왜? 무엇 때문에? 어째서?
이 글을 써야만 하는가?

왜? 무엇 때문에? 어째서? 이 글을 써야만 하는가? 글쓰기에는 이러한 목적이 뚜렷하게 내재되어 있어야 한다. 이는 모든 글쓰기의 원초적인 기초다. 이 목적이 단단하고 강하냐, 반면 물렁하고 약하냐에 글의 성패가 달려 있다 해도 과언이 아닐 것이다.

그저 자신이 살아온 삶을 나열한다든지, 단순히 현장의 모습만 전하는 것으로 마치는 것은 진정한 생활기록문이 아니다. 서랍 속에 넣어두고 후일 자신만 혼자 꺼내 읽어보는 그러한 것이라면 모를까, 독자를 대상으로 하는 것으로는 합당하지도 않고 인정받지도 못한다.

제25회 전태일문학상 생활기록문 부문에서 예심을 통과해 본심으로 올라온 작품은 「구로공단의 추억」 「급식의 품격」 「비 오는 것도 아니고 구름이 갠 것도 아닌 날씨」 「서러운 노동자들의 눈물을 닦아주며…」 「어느 '도시 유목민'의 일기」 「이사」 「죽음을 돌보는 간호사의 삶」「카페트 말고는 없다」「통증, 웃음… 위대함」「한 송이 국화꽃, 조형에게」 등 10편이다.

글쓰기에는 지극한 정성이 따라야 한다. 문학상에 도전하는 글쓰기는 더더욱 그렇다. 본심에 올라온 작품 중 두어 편에 그 정성이 결여되어 있어 안타까웠다. 오자는 수두룩한데 전혀 수정이 안 되어 있고, 문장 나누기도 안 되어 있는 등, 단 한 번의 퇴고도 안 한 듯했다. 이는 정성이 깃든 치열한 삶을 우리에게 선물한 전태일 열사와 전태일문학상에 크게 누를 끼치는 것이다.

격무에 시달리다 불의의 사고사를 당한 동료 철도노동자의 주검을 추모하는 열악하고 부조리한 노동현장을 그린 「한 송이 국화꽃, 조형에게」, 핍진한 가난 속에서 자란 소년이 근검절약과 고학을 하며 타워크레인 기사가 되기까지의 성실한 과정을 담은 「구로공단의 추억」, 사회로부터 '일자리 선택의 자유'마저 박탈당한 청년의 미래를 기약할 수 없는 참담한 일상을 그린 「어느 '도시 유목민'의 일기」 등을 주목했다.

이 세 작품 중에서 글 쓴 목적이 뚜렷하면서도 단단하고 강하며, 뛰어난 현실 인식과 그에 따른 치열한 문제 제기는 물론, 그 행간에 대안 마련의 시급성을 강력하게 호소함으로써 감동을 넘어 공감대를 형성하고 있는 「어느 '도시 유목민'의 일기」를 당선작으로 선정했다. 특성상 문학성을 드러내기 어려운 일기인데도 불구하고 문학성까지 갖추고 있어 반갑다. 약 4개월간의 일기 중 주제에 맞도록

발췌해 응모한 이 작품은 마치 잘 짜여지고 조각된 한 편의 단편소
설처럼 읽힌다.

심사위원 : 신순애(작가), 정세훈(시인)

● 심사평, 제25회 〈전태일문학상〉 생활기록문 부문, 2017년

기교와 미학을 초월,
진실한 길로 나아가고 있는 작품

    최근, 베트남 전쟁 당시 한국군에 의한 민간인 학살 사건의 피해 생존자인 두 명의 여인이 한국 국회를 찾았다. 그녀들은 이 자리에서 한국군이 베트남에 주둔하는 동안 전투 행위에 가담하지 않은 수천 명의 베트남 민간인을 학살한 현장을 증언했다. 그녀들은 "학살 흔적을 남기지 않기 위해 집과 마을을 불태웠다" "불도저로 시신을 훼손했다"는 등의 증언으로 우리에게 큰 충격을 안겨주었다.

    박영근 시인, 그는 스스로 빛나는 시인이었고 그가 남긴 시편들은 앞으로 더욱 큰 광휘를 뿜어낼 것이다. 그의 이름을 내건 작품상이 비록 상금은 적지만, 이 타락한 시대에 그 적은 상금으로 인해 오히려 언젠가는 가장 훌륭한 상으로 대접받을 것이다. 박영근 시인을 기억하고 그의 시 정신을 잇고자 하는 젊은 시인들에게 그 어느 다른 상보다 더 큰 명예가 될 것이다.

    60년대 후반에 시작된 산업화가 한창 진행되던 80년대 초, 현대 노동시를 개척한 박영근 시인의 시는 후기로 갈수록 시의 폭이 넓어지고 깊이 또한 깊어졌다. 아울러 그가 열어놓은 시의 길들은 다양하다. 따라서 한국 문단에 시문학 계승의 여러 가능성을 제시해놓기도 했다. 그 무엇보다 시대 현실에 천착 고민하고 적극적으로 동참 발언했다. 심사위원들은 이러한 박영근 시인의 시업을 기준으로 삼아 김수상의 시 「미움은 미워하며 자라고 사랑은 사랑하며 자란다」를 수상작으로 결정했다.

「미움은 미워하며 자라고 사랑은 사랑하며 자란다」는 시의 기교가 넘쳐나는 시대에, 이를 초월해 외롭지만 역사의 아픔과 현실을 외면하지 않고 꿋꿋이 시의 미덕과 참다운 도리를 다하고자 고군분투하고 있다. 근대 개항기 일본군의 동학농민군 학살, 일제강점기의 친일, 군부독재 시대 광주의 5월까지 우리가 어설프게 유폐시킨 역사를 꼼꼼히 호명해 현재 더 나아가 미래에 접목, 시의 진실한 길로 나아가고 있다. 시의 진실한 길은 기교와 미학을 초월한다. 시의 진실한 길이야말로 박영근이 다양하게 열어놓은 길 중의 하나이며 따라서 박영근 작품상만이 누릴 수 있는 특권이다.

그러하기에 심사위원들 각자의 복잡하고 허다한 고민들을 일치시켜 수상작으로 결정할 수 있었다.

심사위원 : 염무웅(평론가), 고형렬(시인), 정세훈(시인)

● 심사평, 제4회 〈박영근작품상〉 2018년

고도로 응축되었으며
시적 압축성이 뛰어난 노동시

4455일! 13년이라는 국내 최장기 투쟁사업장 콜텍(콜트는 투쟁 중임), 노사는 최근 부당해고에 대한 협상을 갖고 명예복직 등에 최종 합의했다. 합의 내용을 살펴보면 현재 우리 사회의 암울한 노동현실을 여실히 볼 수 있다. 당연히 사과해야 할 사측은 끝내 사과하지 않았다. 박영근 시인은 60년대 산업화 이후 암울한 노동현실을 가장 먼저 직시, 노동시의 다양한 길을 열고 닦아놓은 시인이다.

노동현실의 암울한 문제는 지속적으로 심화되어왔고 앞으로 더욱 심화되어갈 것이다. 신자유주의 이후 노동문제 담론 전쟁에서 자본이 노동을 이기고 있다. 이러한 상황에서 노동시는 노동의 현실을 떠나서는 안 된다.

아울러 여전히 과거와 똑같은 방법으로 노래하는 것을 경계해야 한다. 확장과 질적인 제고, 유연성 등이 절실히 요구된다. 노동현실에 대한 새로운 이해를 바탕으로 한 독자와의 친밀성과 서정성을 더욱 받아들여야 한다.

추천위원들로부터 받은 추천작들에 대한 논의에서 "지난 박영근 작품상의 수상작들이 너무 예리하고 직설적 경향이 있었다. 슬픔이 내재되어 있는 젊은이의 언어도 받아들여줬으면 좋겠다. 좀 더 유연한 시 쪽으로 선정해나가는 것이 박영근의 시를 확대시키는 차원에서 바람직하지 않겠는가."라는 의견 등이 제시되는 등 논의와 고심 끝에 「위험에 익숙해져갔다」를 수상작으로 합의, 결정했다.

수상작은 짧지만 고도로 응축되었으며 시적 압축성이 뛰어난 노동시다. 현장 노동시의 중요한 덕목인 체험과 경험을 최대한 살렸으며 노동현장의 팽팽한 긴장감이 높다. 아울러 암울함이 짙어가는 노동현실에 대한 공감대의 폭을 대폭 넓혔다.

심사위원 : 염무웅(평론가), 고형렬(시인), 정세훈(시인)

● 심사평, 제5회 〈박영근작품상〉 2019년

탁월하게 빚은 노동운동의 지침서

깊이 빠져들 수밖에 없는 흡입력 강한 이야기에 푹 빠져 오전 9
시부터 자정 가까이 15시간 동안 소설 전편을 단번에 읽었다. 그리
고 이 시대의 참된 이야기꾼 이인휘의 진솔한 말들을 귀 기울여 경
청했다. 귀 기울여 경청하지 않으면 안 되도록 만드는 이야기들, 그
말들은 화장실 갈 시간도 식사 시간도 아깝게 했다. 이토록 소설을
위한 소설이 아닌, 인간을 위한 소설이 있단 말인가. 나는 아직 접
해본 기억이 없다.

이야기는 자본과 정치권력이 야합해 노동(자)에게 끊임없이 가하
고 있는 온갖 폭력, 착취, 고통, 절망, 분노에 눈물을 흘리지 않고는
배겨낼 수 없도록 만든다. 그러하다가도 나 자신도 모르는 사이 그
온갖 못된 것들에 불끈, 당당히 맞서 투쟁하는 수많은 노동(자)들과
함께 나 자신이 한 몸이 되어 있다는 것은 무엇을 의미하는 것일까.
노동(자)의 피땀으로 한 획 한 획 새겨 넣은 이인휘의 말들은 참된

인간의 말이다.

그 인간의 말들로, 노동(자)은 "폐가처럼 무너져 먼지처럼 날아다
니"지만 "어떠한 정치권력도 노동자의 친구가 될 수 없"고 "인간이
인간을 모르는 괴물 같은" 자본의 시간을 각혈처럼 전각했다. "괴물
같은 자본의 머리에 비정규직 제도라는 뿔까지 단" 것을 아파하며
"세상을 바꿔나가고 싶어 하는 한 노동자의 마음으로" 통렬히 내뱉
은 연대투쟁의 이야기를 담은 소설은, 산업화 이후 가장 탁월하게
빚은 노동운동의 지침서이기도 하다.

● 이인휘 장편소설 『노동자의 이름으로』 뒤표지글, 삶창, 2018년

팔푼이 그녀

   그녀는 박 부자의 구 남매 중 셋째 딸로 태어났습니다. 어려서부터 웃어야 할 자리이건 웃지 말아야 할 자리이건 가리지 않고 언제나 헤헤 웃으며 다닌다 하여 모자란 아이라고 놀림을 당하고 자랐습니다.

   참견해야 할 자리이건 참견하지 말아야 할 자리이건 언제나 얼굴 디밀고 참견하고 나선다 하여 팔푼이란 눈총을 받았습니다. 다른 형제들과는 달리 제대로 배우지도 못하였으며, 이것저것 조건을 따져보지 않고 아무렇게나 시집을 갔습니다.

   가산이 기운 아버지 박 부자는 노환으로 저세상으로 가고 맨몸뚱이 노모는 치매에 걸렸습니다.

   여덟 형제 모두 성공한 가정을 이루었지만 노모를 서로 모시지 않으려고 별 핑계를 대고 있습니다.

   그러나 팔푼이 그녀, 어린 시절 팔푼이로 자랄 때처럼 언제나 헤

헤 웃으며 참견하며 치매 걸린 친정 노모를 알뜰살뜰히 모시고 잘
살아가고 있답니다.

● 『기독선교신문』, 2002년 1월 10일

아버지의 때

젊은 날 탄광에서 탄을 캐내는 광부로 일하며 가정을 지켜온 아버지가 있습니다. 탄광이 폐광이 된 이후로는 서울로 올라와 지하철을 뚫는 일을 해서 가정을 지켜온 아버지가 있습니다.

그 아버지가 연로하여 진폐증과 위암 말기로 병석에 누웠습니다.

이제는 거동조차 하지 못하고 운명할 날이 며칠 남지 않았습니다.

장년이 된 아들은 그 아버지를 화장실 욕조에 모셔놓고 때를 밀어드립니다. 목욕물이 조금만 뜨거운 듯해도 목욕물이 조금만 차가운 듯해도 깜짝깜짝 놀라는 아버지의 비늘 앉은 피골상접한 살갗에서 제대로 물에 불지 못한 삶의 때들이 제풀에 밀려 나왔습니다.

아버지는 연신 어이구 시원하다 어이구 시원하다 하셨지만 아들은 아버지의 그 때들을 더 이상 밀어내지 못하고, 이후 살살 어루만졌습니다.

• 『기독선교신문』, 2002년 1월 25일

아기 송사리와 가랑잎

두메산골 다랑논 웅덩이에서 태어난 아기 송사리가 보다 넓은 세상을 구경하고 싶었습니다. 견문을 넓히고 지혜로움을 배워 슬기롭게 살아가고 싶었던 거지요.

그러나 당장 웅덩이조차 벗어날 수가 없었습니다. 그러한 송사리의 사정을 안 하나님이 비를 내려 웅덩이의 물을 넘치게 했습니다.

웅덩이 물은 계곡을 흘러 아랫논 수로로 흘러들고 있었습니다. 아기 송사리는 개울물을 따라 내려갔습니다. 수로 가까이 오자 물살이 거세져 더 이상 헤엄치기가 어려워졌습니다.

이때 가랑잎이 다가와 아기 송사리를 태워 아랫논으로 데려다주었습니다.

아기 송사리는 넓디넓은 아랫논을 유영하며 우렁이도 사귀고 미꾸라지도 사귀고 메뚜기도 사귀며 견문을 넓혀갔습니다.

어느 날 신나게 논바닥에서 헤엄치며 놀던 아기 송사리는 자신을 태워다준 가랑잎을 다시 만났습니다.

가랑잎은 모 포기에 걸려 온몸이 썩어가고 있었습니다. 갈기갈기 살이 떨어져 나가 앙상한 뼈만 남아 있었습니다.

그 모습을 보고 아기 송사리가 슬퍼하자 가랑잎은 웃으며 말했습니다. "슬퍼하지 마! 지금 내 몸을 썩히어 이 모 포기의 밑거름을 만들어주고 있잖니?"

● 『기독선교신문』, 2002년 2월 10일

사마귀의 사랑

　사마귀 암수 한 쌍이 옥수수 알갱이들이 튼실하게 영글어가는 옥수수 잎사귀 위에서 사랑을 나누고 있었습니다. 그 사랑이 이미 오랜 시간 진전되어왔는지 암놈이 수놈의 몸뚱어리를 거의 다 먹어치워가고 있었습니다.

　사마귀는 사랑을 나눌 땐 태어날 새끼들을 위해 죽기로 마음먹고 시작합니다. 그리하여 수놈이 제 스스로 암놈의 먹잇감이 되지요. 그렇게 사마귀의 사랑은 암놈이 수놈을 다 먹어치워야 그 사랑이 비로소 끝납니다.

　죽기로 마음먹은 사랑을 한 끝에 홀로된 암놈 역시 옥수수 잎사귀 위에 제 몸을 새끼들의 먹잇감이 될 알집으로 남겨놓고 생을 마감했습니다.

　세월이 흐르고, 사마귀 암수 한 쌍이 죽기로 마음먹은 사랑을 한 옥수수 잎사귀 위에서 새끼 사마귀들이 하나둘 태어났습니다. 새끼

사마귀들도 어른이 되면 엄마와 아빠처럼 죽기로 마음먹은 사랑을
할 것입니다.

● 『기독선교신문』, 2002년 2월 25일

화석정 고목

이이 율곡이 어린 시절을 보내었다고 전해지고 있는 경기도 파주시 파평면 율곡리 화석정에 고목이 있습니다.

어느 봄날, 나그네가 율곡의 선비 정신을 흠모하는 마음으로 화석정을 찾아왔습니다. 화석정을 둘러보던 나그네는 고목 앞에서 발길을 멈추었습니다.

오랜 세월 만고풍상을 겪어온 고목은 아랫도리 부분이 삭아져 일부 떨어져 나가 있었습니다. 관리인이 떨어져 나간 부분을 흙으로 메꾸어놓았습니다. 고목은 그 흙덩이로 자신의 늙은 몸을 간신히 버티고 있었습니다.

"많이 아프고 힘들겠구나?" 나그네가 고목에게 물었습니다.

그러자 고목이 고개를 절레절레 흔들며 대답했습니다.

"지금 난 하나도 아프지 않단다. 지금 난 하나도 힘들지 않단다. 지금 난 참으로 행복하단다."

고목은 그렇게 물오른 봄물에 흠뻑 젖어 한참들 조잘조잘 새잎
트고 있는 만 가지 만 잎새를 지탱해주고 있었습니다.

● 『기독선교신문』, 2002년 3월 10일